Les Garloup

Ouvrage publié sous la direction de
Jérôme Vincent

*Ce livre a été imprimé avec la police **Sassoon**, une police qui est particulièrement adaptée pour les lecteurs et lectrices dyslexiques. La grande taille de cette police, ainsi que les espaces importants entre chaque ligne, participent également à faciliter la lecture.*

Gestion de projet : Gaëlle Giroulet
Couverture © Zariel
Mise en page : Audrey Gineux
Correction : Fabienne Riccardi

Collection Quand est-ce qu'on lit ?

515, faubourg Montmélian, 73000 Chambéry
www.editions-actusf.fr
ISBN : 978-2-37686-493-6

MARIE-CATHERINE DANIEL

LES GARLOUP

Quand est-ce qu'on lit ?

PROLOGUE

Pépé trottine dans le chemin creux, la truffe frémissante de plaisir. La chaleur de la journée a étouffé les odeurs les plus subtiles, mais la nuit est tombée et la haie autour de lui exhale mille parfums. Tout embaume : les jeunes chênes, les noisetiers, les églantiers, les ronces, les orties, la menthe, jusqu'à l'humus pourtant bien sec du sentier.

Pépé joue à différencier chaque fumet, puis à en savourer l'ensemble. Une inspiration : ah, tiens, une musaraigne vient de traverser cette touffe d'herbe. Une autre inspiration : hummm, le concerto olfactif de ce soir est un vrai régal !

L'inspiration suivante rompt brusquement le rythme de sa foulée. Il s'arrête, dresse les oreilles. Devant lui, à quelques mètres à peine, il y a deux, trois… non, quatre humains. Il n'a pas pu les sentir avant car ils étaient sous le vent. Ils doivent être juste après le tournant, là où une trouée perce le tunnel de la haie, par ailleurs impénétrable.

Des inconnus, a priori. Tous les quatre ? Ah non, l'odeur de l'un d'eux lui rappelle quelque chose : il l'a humée de loin il y a peu.

Bon, celui-là au moins a des chances d'avoir déjà vu Pépé ou l'un des membres de la meute, il ne devrait pas avoir trop peur de lui.

Pépé n'a aucune envie de faire demi-tour pour ne pas effrayer les randonneurs nocturnes. La forêt dans laquelle il se rend est à moins de deux cents mètres ; s'il rebrousse chemin, le premier éclaircissement des taillis où il pourrait se dissimuler est à près d'un kilomètre. Et puis, n'est-il pas un bon gros chien avec un joli collier de cuir rouge ?

Il reprend son trottinement, en remuant sa queue dressée pour montrer aux humains qu'il n'est pas agressif et ne fait que passer.

Les trois hommes et la femme se tiennent immobiles dans l'ombre de la trouée. C'est un peu bizarre qu'ils fassent si peu de bruit, et qu'ils n'aient pas allumé une lampe alors que leurs yeux ne sont pas vraiment adaptés pour voir la nuit. La légère excitation qui flotte dans leurs odeurs évoque celle de chasseurs à l'affût, mais ce n'est ni l'époque ni un lieu de chasse par ici.

Cela dit, c'est leur affaire. Pépé fait semblant de ne pas les avoir repérés et passe devant eux.

Le nœud coulant d'un fil métallique enserre brusquement son cou.

Dans un grognement furieux, il se retourne d'un bond. Deux humains culbutent dans les fourrés. Ils sont agrippés à une perche au bout de laquelle un lasso d'acier cherche à étrangler Pépé. La femme et le troisième homme poignardent son arrière-train. Des piqûres d'aiguille pour Pépé, qui ne s'en préoccupe guère. Son problème est d'arracher la gaffe aux deux hommes, sans les abîmer. Isabelle ne sera pas contente s'il blesse ses agresseurs.

Il part à fond de train, les traînant derrière lui. Le fil de fer pénètre dans sa fourrure, atteint sa peau, cisaille son cou, mais ses muscles bandés résistent à l'étranglement, et il réussit à prendre une bonne goulée d'air.

La dernière.

Avant de s'écrouler comme une masse.

Les piqûres étaient effectivement… des piqûres. Du poison !

Le noir de l'inconscience l'engloutit.

CHAPITRE 1.

— On arrrriiiiive, chantonne Maman, en engageant la voiture sur une route encore plus étroite que la précédente.

La taille de la voie ne dérange pas Louise ; en temps normal, elle aime bien la campagne. D'ailleurs, aller se perdre au milieu des champs et des bois pour un pique-nique ou une randonnée fait partie de ses sorties préférées avec sa famille.

Sauf qu'aujourd'hui, il ne s'agit pas d'une balade. Sauf que le mot « famille » a un goût amer depuis que ses parents ont divorcé. Sauf, surtout, que le Papi qui les attend au bout de cette route n'est plus celui qui lui a appris à courir, à nager, à marcher des heures durant dans la forêt juste pour le plaisir de débusquer un lièvre ou un chevreuil et les prendre en photo.

Papi a eu un AVC, il y a trois mois. Un « accident vasculaire cérébral », un caillot de sang lui a bouché une veine dans la tête et l'a entièrement paralysé. Il ne pouvait même plus parler. C'est revenu petit à petit durant les semaines qu'il vient de passer en rééducation... mais pas entièrement. Maman a prévenu Louise qu'il lui arrive de baver un peu quand il parle trop vite parce qu'une partie de sa bouche ne lui obéit plus.

En fait... tout son côté gauche est pas mal paralysé, et il doit se déplacer en fauteuil roulant.

En fauteuil roulant !

Papi doit être si malheureux de ne plus pouvoir courir.

Pourtant, Louise ne compatit pas vraiment, elle est trop en colère. En colère contre ce qui est arrivé à Papi. En colère contre elle, surtout ! Parce qu'elle a honte d'avoir refusé d'aller le voir à l'hôpital puis en rééducation. À quatorze ans, on est censée être bien assez mûre pour supporter cela, non ? Seulement, elle n'a pas pu. C'est trop horrible de ne plus pouvoir bouger, c'est trop horrible de perdre la moitié de son grand-père.

Cependant, à partir d'aujourd'hui, elle n'a plus le choix : sa mère a décidé d'aller passer toutes les vacances d'été chez Papi. Elle envisage même que toutes les deux aillent vivre avec lui, elle a demandé sa mutation comme prof de maths au collège le plus proche du village de Papi. Certes, Louise aime la nature, et Papa et ses copains ne seront qu'à une heure d'autoroute, mais, rien que d'y penser, la boule qui grossit dans son ventre s'alourdit. Vivre avec un invalide?

Elle essaie de se rassurer un peu en puisant dans la bonne humeur de Maman. Cela fait très longtemps que celle-ci n'a pas été aussi détendue. Peut-être a-t-elle raison, peut-être qu'affronter un fauteuil roulant n'est pas si terrible?

La voiture dépasse le panneau « Brassac » et pénètre dans le hameau. Louise ne reconnaît rien. Papi s'est installé pour sa retraite dans la maison de ses parents, seulement quelques semaines avant l'AVC. Louise n'a pas eu l'occasion de lui rendre visite avant l'accident, et elle n'est pas venue au village depuis la mort de Grand-Mamie Vivienne; elle ne devait même pas avoir quatre ans.

Maman ralentit et se gare sur un bas-côté gravillonné, tellement large qu'il mérite le statut de «placette».

La maison de Grand-Mamie, désormais celle de Papi, est une ancienne ferme, typique de la région. Le grand toit d'ardoises abrite une habitation étroite sur deux étages qui se blottit contre une grange occupant plus de la moitié du bâtiment. Une vigne vierge florissante escalade une bonne partie de la façade en pierres apparentes, tandis qu'un bouquet de roses trémières jaillit à l'angle du logement, dissimulant en partie le petit portail d'accès au verger attenant.

Le moteur est à peine arrêté que, à la porte ouverte sur l'obscurité de l'intérieur, se dessine la silhouette d'un homme. Courbée, appuyée sur une béquille glissée sous le bras gauche, mais... debout !

Le cauchemar d'un Papi baveux recroquevillé dans un fauteuil roulant se dissipe soudain dans le chaud soleil de juillet.

Papi n'est pas au mieux de sa forme, c'est sûr, cependant c'est bien lui – entièrement lui ! Il clopine vers la voiture, un grand sourire sur sa face burinée, un peu affaissé du côté gauche, mais les yeux toujours aussi malicieux.

— Bienvenue en vacances, mes louvettes ! s'exclame-t-il.

Sa voix traîne bizarrement, mais elle est toujours bien grave et un peu éraillée, comme Louise adore.

***

La porte d'entrée donne directement sur la cuisine. Le temps que ses yeux s'accommodent à la pénombre, Louise se retrouve dans une grande pièce carrelée de beige où trône une longue table de chêne flanquée d'un banc d'un côté et de chaises de l'autre. Les murs chaulés laissent apparaître quelques pierres et sont décorés de vieux objets en cuivre qui rutilent. L'ancien âtre d'une large cheminée est occupé par un poêle avec une vitre qui permet de voir le feu (Louise aime beaucoup contempler les flammes). Le plafond est parcouru de grosses poutres en bois, vernissées dans le même ton brun clair que les éléments de cuisine qui garnissent tout le mur du fond.

Louise a l'impression de pénétrer dans une cuisine du Moyen Âge – du moins la pièce lui évoque celle d'un monastère qu'elle a visité avec ses parents il y a longtemps. Cependant, elle est visiblement rénovée : tout est bien propre, et il y a un lave-vaisselle ! Ça change de l'appartement très moderne que Papi habitait avant, mais si elle n'a pas à laver la vaisselle à la main, elle veut bien admettre que le style est plutôt sympa.

En revanche, elle grimace quand elle découvre, juste à sa droite, un fauteuil roulant. L'euphorie des retrouvailles avec un grand-père moins handicapé qu'elle ne le craignait se dégonfle à toute allure. D'autant plus que Papi abandonne sa béquille contre le mur et s'écroule dans le siège avec un soupir de soulagement.

Il doit remarquer son expression effarée, parce qu'il se redresse et lui sourit d'un air rassurant :

— T'inquiète, ma Lou, je fatigue vite, mais ça s'arrange de jour en jour. Et puis le fauteuil, c'est plutôt cool comme moyen de transport. Regarde.

Il saisit les poignées sur les roues, mais Louise voit bien que la main gauche a du mal à se refermer entièrement et n'a guère de force. Pourtant, Papi se lance dans un tour de table beaucoup plus aisément qu'elle aurait pu l'imaginer. Il utilise bien plus sa droite que sa gauche pour se propulser, et négocie les tournants en posant son pied par terre.

— Ça demande un peu d'entraînement, commente-t-il avec un grand sourire, mais si tu veux t'y mettre, j'ai un nouveau fauteuil – plus léger – qui doit arriver cet après-midi, on pourra faire la course.

Faire la course ? En fauteuil ? Louise ne sait pas trop si elle a envie de rire ou de pleurer. Les deux, peut-être. Parce que c'est vrai que ça a l'air amusant, parce que c'est triste que Papi ne puisse plus courir que comme ça. Parce que c'est Papi qui est handicapé, mais que c'est lui qui cherche à lui remonter le moral, alors que ça devrait être l'inverse.

Elle bafouille :

— Heu… oui… peut-être.

Et pour aller se réfugier dans un coin tranquille où elle pourra se reprendre et digérer tout ça, elle enchaîne :

— Où est-ce que je dors ? Je voudrais aller déposer mes bagages.

Quand Louise redescend de sa petite chambre sous le toit (ce n'est évidemment pas son grand-père qui l'a préparée, mais son aide-ménager), Maman termine de remuer une salade tandis que Papi met la table.

Il a posé les assiettes et les couverts sur ses genoux et les distribue sur la table, place par place, avec une seule main.

— Tu veux de l'aide ? demande Louise sur le ton le moins apitoyé qu'elle peut.

— Ah oui, tiens ! Prends le pain et coupe quelques morceaux dans la panière près de la machine à café, s'il te plaît.

Son ton à lui est parfaitement naturel et il lui signifie clairement que s'il veut bien de son aide, c'est parce qu'il est normal qu'elle participe, pas qu'il en a besoin.

Pendant le repas, Maman et Papi discutent entre eux sans vraiment s'occuper d'elle, ce qui lui convient bien. Ça lui serre le cœur de voir que son grand-père accepte que Maman lui coupe son entrecôte – « Ne le dites pas à mon kiné, mais j'en ai pour une heure si c'est moi qui le fais. » Cependant, elle remarque aussi qu'il réussit à se servir seul de la salade, que le coin de sa bouche qui est paralysé ne laisse échapper qu'une seule fois un morceau de tomate déjà mâché, et que, somme toute, elle a été vraiment idiote de se persuader qu'elle ne supporterait pas de le voir dans cet état.

Malgré ça, quand Maman annonce qu'elle va aller faire quelques courses à La Souterraine, Louise propose immédiatement de l'accompagner. Elle ne se sent pas encore prête pour se retrouver seule à seul avec Papi.

***

En temps normal, Louise n'aime pas les grands magasins. Elle déteste la foule et la cohue des Caddies.

Elle est donc agréablement surprise par le supermarché où Maman les conduit. Il n'est pas immense, les rayons sont bien aérés, et il est presque désert en ce début d'après-midi.

Comme à leur habitude, Louise et Maman se partagent la liste des achats. Cette fois-ci, la jeune fille se charge du chariot et des produits impérissables, pendant que sa mère fait des allers et retours entre les étalages de frais et elle.

Maman est aux légumes et Louise vient de trouver les farines – Papi veut faire lui-même le pain – quand un drôle de bruit interrompt sa recherche de la marque demandée. Un drôle de bruit qui a tout d'un hoquet de surprise. Louise se retourne pour voir qui s'exclame ainsi.

Au bout de l'allée, une fille de son âge la dévisage, les yeux écarquillés de stupéfaction.

Et il y a de quoi !

Cette fille, c'est elle !

Même casque acajou de cheveux ondulés, mêmes yeux couleur miel, même allure un peu dégingandée d'ado qui pousse en graine.

À croire que quelqu'un a installé un miroir dans lequel Louise se reflète. Sauf que le jean est bleu et non noir, et le T-shirt rose rend hommage à Pikachu, que Louise n'a jamais apprécié.

Diable ! D'où sort cette jumelle ?

CHAPITRE 2.

Figés de stupeur, les deux sosies se détaillent de la tête aux pieds.

Louise est la première à réagir : elle esquisse un pas vers son reflet vivant.

L'autre s'anime à son tour…

… pour bondir en arrière comme un chevreuil effarouché. Elle pivote sur elle-même et part en courant. En un instant, elle disparaît en tournant au coin du rayon.

Louise se précipite à ses trousses, mais le temps d'atteindre l'allée transversale, sa jumelle s'est évanouie.

Elle s'arrête, hésitante. Elle ne peut pas abandonner le Caddie sans surveillance, Maman y a laissé son sac à main. En plus, il n'y a personne en vue pour lui indiquer où la fuyarde a cavalé.

Ou confirmer qu'elle ne vient pas d'avoir une hallucination...

... C'est d'ailleurs la première réaction de Maman quand elle rejoint le chariot et que Louise, tout excitée, lui relate sa rencontre.

— Tu as rêvé. C'est juste une fille de ton âge qui te ressemble. D'autant plus si vous avez la même coupe de cheveux.

Louise insiste :

— Je t'assure ! On dirait deux gouttes d'eau. Même ses yeux sont jaunes comme les miens !

Bizarrement, le visage de Maman se ferme à cette remarque, elle serre brièvement les lèvres avant de répondre :

— Humph. C'est sûr que les yeux dorés sont rares. Mais dans la région, ils sont plus courants qu'ailleurs... Ton père avait les mêmes.

La mention de son père explique à Louise pourquoi Maman s'est renfrognée. Elle ne parle pas de Papa, elle parle de Paul, le père biologique de Louise.

***

Quand elle était à la fac, Laurence, la mère de Louise, est tombée follement amoureuse d'un étudiant en médecine : Paul. Hélas, leur idylle n'a duré que quelques mois, car il est mort alors qu'il était en vacances au Canada.

À ce moment-là, Maman ne savait pas encore qu'elle était enceinte.

Papa, c'est l'ami de Maman qui l'a soutenue dans cette terrible épreuve. Il a vu naître Louise et l'a adoptée quand il a fini par épouser Maman.

Louise connaît l'histoire depuis toujours, mais, jusqu'à l'an dernier, elle n'y pensait pas souvent. Elle a brutalement ressurgi alors que Papa vivait encore à la maison, mais menaçait déjà de la quitter. Ses parents criaient si fort ce soir-là que, bien que réfugiée dans sa chambre, Louise les entendait clairement. Papa reprochait à Maman de ne jamais l'avoir aimé comme elle aimait Paul. Et Maman n'a pas nié.

C'est comme ça que Louise a compris que Paul est toujours une blessure pour sa mère. Et c'est comme ça aussi qu'elle s'est mise à s'interroger sur cet homme qui aurait dû être son père. Elle a eu soudain envie d'en savoir plus sur lui ; elle qui avait si peur que son papa actuel l'abandonne en divorçant. Cependant, ce n'était pas le moment de questionner ses parents sur un sujet aussi sensible, tant pour l'un que pour l'autre. Elle a donc décidé d'en parler à Papi. Seulement, à l'époque, il passait ses week-ends au village, et ils ne se voyaient que le mercredi. Ils avaient tellement d'autres choses à se dire avec ce divorce ; et tant besoin du silence apaisant de leurs longues courses côte à côte dans les parcs… Elle n'avait jamais le temps d'aborder le sujet.

Puis Papa a déménagé, et il n'a pas du tout délaissé Louise. Au contraire. D'abord, l'appartement de Papa est aussi le sien – elle y a sa chambre à elle – ; ensuite, si c'est vrai qu'ils ne se voient pas tous les jours, ils font bien plus de trucs ensemble qu'avant.

Ça et l'AVC de Papi ont renvoyé Paul dans les limbes du passé.

Jusqu'à aujourd'hui.

Voilà que Maman l'évoque au moment où Louise se découvre une jumelle.

Trop étrange !

Mais cette fois-ci, Louise va avoir le temps de discuter avec Papi. Il est peut-être en fauteuil roulant, mais il a toute sa tête. Et il ne lui en veut même pas qu'elle ne soit pas allée le voir à l'hôpital.

Un grand élan d'amour pour son grand-père et meilleur ami fait vibrer le cœur de Louise. Sûr qu'il l'aidera à résoudre le mystère de tous ces yeux jaunes !

***

Que ça fait du bien de courir !

Papi a indiqué à Louise un sentier qui démarre derrière l'ancien moulin du village au bord de la rivière, et grimpe à flanc de colline à travers la forêt. « Là-haut, tu as les ruines d'un château fort et un joli point de vue sur tout le bocage alentour. »

Il n'accompagne pas Louise. Ce n'est pas parce que le fauteuil ne peut pas prendre ce chemin (« Je te montrerai bientôt des petites routes, où on pourra aller ensemble », a-t-il promis), mais parce que plusieurs voisins sont passés « dire bonjour ». Ils viennent pour Maman qu'ils ont connue enfant.

Tous ces adultes «prennent un café » à l'ombre du grand tilleul derrière la maison. «Prendre un goûter »serait plus juste, vu les tartes et gâteaux que certains ont apportés. « Dire bonjour », par ici, c'est quelque chose !

Louise trouve plutôt rigolo que tout le monde sache déjà que Papi reçoit sa famille. Cependant, pas question de supporter très longtemps les « Oh, comme elle a grandi ! » à son endroit (et quelquefois, pour Maman aussi !). Encore moins les papotages à propos d'une flopée d'inconnus.

Entre ça, l'émotion de retrouver Papi et le mystère de la jumelle, il devenait urgent de dépenser tout le stress accumulé.

Quand Louise court, c'est comme si un fluide apaisant se répandait dans tout son corps. Elle sent chacun de ses muscles, des orteils jusqu'en haut du crâne. Ils se tendent et se détendent au rythme de ses foulées. Elle, qui se trouve gauche à l'arrêt, devient souple et puissante comme une panthère.

Ses pieds volent d'un appui à l'autre dans le chemin parsemé de racines et de pierres. Sans jamais hésiter, sans jamais trébucher. Malgré la côte qui s'accentue, les arbres et les buissons défilent à bonne allure. Son cœur bat avec vigueur et régularité entre ses côtes.

À chaque pulsation, à chaque pas en avant, le poids sur ses épaules s'allège. Elle ne pense plus à rien d'autre qu'au plaisir de courir, aux bonnes odeurs de la forêt, aux rayons du soleil qui percent de temps en temps la canopée et la font miroiter en vert tendre.

CHAPITRE 3.

Elle approche du sommet quand une voix enfantine appelle soudain :

— Eh ! Madame !

Il y a de l'urgence dans le ton.

Louise ralentit pour voir l'enfant qui crie ainsi. En retrait du chemin, dans l'ombre d'un noisetier, un jeune garçon est assis sur une pierre. Il a l'air d'aller bien, elle laisse donc la femme appelée s'en occuper. Elle lui adresse un petit sourire encourageant et le salue du menton en le dépassant.

— S'il vous plaît, madame ! implore-t-il, la voix vibrante.

C'est seulement là qu'elle comprend que la dame, c'est elle ! Elle fait demi-tour et s'approche de lui.

Le gamin doit avoir sept ou huit ans. Sous la tignasse brune, son petit visage sali de terre est tout pâle, et ses grands yeux noirs brillent de larmes contenues.

— Salut, dit Louise doucement. Tu as un problème ?

Malgré une grimace de douleur qui lui tord un peu la bouche, il s'efforce de lui adresser un sourire de bienvenue.

— Oooh ! Je t'avais prise pour une adulte, tellement t'es grande.

Il doit craindre qu'elle prenne mal sa remarque, car il ajoute précipitamment :

— Mais c'est super cool que tu sois là ! J'avais trop peur que personne ne passe et que je ne rentre pas à l'heure chez Grand-Mère. Mais il n'est pas encore tard, hein ?

Ce gamin souffre et il s'inquiète de l'heure ? Sa grand-mère doit être un vrai dragon…

— Non, non, il n'est pas tard, le rassure Louise. Tu ne peux plus marcher, c'est ça ?

Il rougit un peu, comme s'il avait honte et il chuchote presque en annonçant :

— Je crois que ma cheville est cassée.

— Tu courais et tu es tombé ? devine Louise.

Elle aussi, quand elle était petite, se vexait quand elle se faisait mal en courant.

Il hoche la tête pour acquiescer.

— T'inquiète, dit Louise. Mon papi dit que, pour être un bon coureur, il faut être tombé au moins dix fois, mais que c'est la première fois qui fait de vous un vrai coureur. Bienvenue au club !

Le regard de reconnaissance qu'il lui lance confirme que la honte venait bien de là.

— Montre-moi ça.

L'enfant lui tend une jambe au pied dénudé. Louise s'accroupit et la saisit délicatement. Effectivement, la cheville est enflée. Cependant, si elle se rappelle bien sa propre entorse, c'est plutôt bon signe : les os cassés ne font pas beaucoup gonfler ; les foulures, oui.

— Ça fait des heures que j'attends que ça aille mieux, explique le garçon, mais c'est de pire en pire.

— Tu peux bouger ?

Les orteils remuent et le pied pivote un peu.

— Oui, mais je peux plus me lever. Ça ne tient pas et je m'écroule. J'ai déjà essayé trois fois.

Au souvenir de la douleur fulgurante qui jaillit quand on tente de s'appuyer sur une entorse, Louise frissonne. Brrrr, il est dur à la peine, ce môme !

— Je crois que c'est juste une foulure, mais il paraît que c'est encore plus douloureux que quand c'est cassé. Il ne faut pas que tu marches pour l'instant.

— Combien de temps ça va durer ?

— Juste quelques jours, pense le rassurer Louise.

Mais les grands yeux s'affolent :

— Comment je vais faire pour rentrer ? Grand-Mère va s'inquiéter si je ne suis pas là pour la douche.

Ah, finalement, la grand-mère n'est pas une terreur, seulement une inquiète. Et le garçon ne veut pas lui causer du souci. Louise s'est toujours bien entendue avec les enfants, mais ce môme-ci est vraiment trognon.

— Tu sais s'il y a une maison pas loin où on pourrait trouver du secours ?

— Ben, chez nous, c'est pas loin.

— Tu n'as pas l'air très lourd, je vais te porter.

Le petit visage s'illumine d'un coup, la souffrance oubliée :

— T'es trop cool !

***

Louise peine sous la charge du garçon à califourchon sur son dos. Il n'est pas bien grand et tout mince, mais plus lourd qu'elle ne s'y attendait – surtout sur la distance. Cela dit, il a repris des couleurs et discute gaiement avec elle. De quoi rendre moins pénible et moins long le chemin à parcourir.

— Tu t'appelles comment ?

— Louise. Et toi ?

— Antoine. T'es une *chicouf*, toi aussi ?

— Une quoi ?

— Une *chicouf*. Tu sais, un enfant qui vient en vacances chez ses grands-parents. Parce qu'ils disent : « Chic, il arrive ! », et quand on repart : « Ouf, il est parti ! »

Il rit de bon cœur de la blague.

Louise joint son rire au sien. Elle imagine très bien Papi la traiter de *chicouf* pour la taquiner. Quoique...

Avec un petit sourire en coin, elle remarque :

— Sauf qu'avec des coureurs des bois comme nous, c'est plutôt : « Chic, ils arrivent ! Chic, les voilà revenus à l'heure ! »

Antoine glousse de plus belle, et approuve :

— On est des *chic-chic*, nous !

Le sentier que le garçon leur a fait prendre contourne les ruines de l'ancien château – Louise les aperçoit à travers un rideau d'arbres –, et mène sur l'autre versant de la colline. Ils ne tardent pas à déboucher sur un chemin de terre pour tracteur.

Ils longent une grande pâture, au bout de laquelle se dressent une dizaine de bâtiments : granges, hangars, habitation, bûcher, poulailler…

— La ferme des Châteleus ! annonce fièrement Antoine. C'est notre nom de famille, et il y a très longtemps, on était les seigneurs du château !

— Ah, ah ! rigole Louise. Mon nom à moi est Chevat, et il y a très longtemps, on était les chevaux des seigneurs du château… Et même encore maintenant.

Antoine s'en trémousse de rire dans son dos.

Ils atteignent la grande cour de la ferme. De l'autre côté de celle-ci, une grande bête poilue, rousse comme un renard, émerge de l'ombre de l'habitation. C'est un… énorme chien ! Il est aussi haut qu'un poney ! Louise s'arrête, impressionnée.

L'animal se précipite vers eux… Ouf ! Il a l'air content de les voir, car il remue la queue.

Mais, tout d'un coup, il stoppe net.

Sa queue s'immobilise, sa fourrure se hérisse.

On dirait un lion en colère.

Louise n'est pas rassurée du tout. D'autant qu'Antoine a beau clamer :

— Fanfan ! Qu'est-ce que t'as ? C'est moi !

... Le monstre se met à gronder sourdement et commence à découvrir d'énormes crocs.

Il n'aboie pas, et Louise sait qu'un chien qui n'aboie pas fait plus que menacer : il est prêt à attaquer.

Impossible de fuir ! Avec le gamin sur le dos, elle ne peut pas courir.

Elle avise un gros bidon métallique adossé au hangar à côté d'eux. Lentement, pour ne pas exciter encore plus le fauve, elle franchit les trois mètres qui les en séparent.

Le monstre avance d'autant, grognant plus fort. Ses babines se retroussent de plus en plus.

Louise dépose Antoine sur le bidon, tandis qu'il en est à ordonner vainement :

— Fanfan ! Arrête ! C'est une amie ! Je me suis tordu la cheville en descendant à Brassac et elle m'a porté jusqu'ici.

Le fauve s'en moque éperdument. Il approche encore, tout gonflé de colère.

Louise s'écarte un peu du bidon en se ramassant sur elle-même. Elle a besoin de place s'il attaque. Elle cherche désespérément autour d'elle quelque chose qui pourrait l'aider à se battre. Un bâton, une fourche, n'importe quoi ! Elle doit empêcher le monstre d'atteindre Antoine.

Des coups de pied ! Voilà ce qu'elle jettera s'il approche encore.

— Appelle ta grand-mère, intime-t-elle au garçon. À elle, il obéira peut-être.

En même temps, elle lance un regard vers la maison. Quelqu'un va-t-il se décider à venir voir ce qui se passe ?

C'est le cas. Une vieille paysanne traverse la cour à grands pas.

Sans calmer le chien ?

Elle s'arrête à la hauteur du monstre.

— Recule, ordonne-t-elle d'une voix cinglante, le visage dur.

Ce n'est pas au molosse qu'elle s'adresse, c'est à Louise.

Bien que surprise, celle-ci obtempère. La femme doit savoir comment apaiser son monstre.

— Encore ! exige-t-elle, toujours aussi sèche.

Louise recule d'un nouveau pas.

Dans un puissant élan, le chien bondit.

Droit sur elle !

Louise croit sa dernière heure arrivée. Elle oublie l'idée des coups de pied et lève les bras pour protéger sa gorge.

Mais, d'un coup de rein en plein saut, l'animal change de direction. Il atterrit finalement entre Antoine et elle. Immédiatement, il se repositionne pour lui faire face, tournant le dos à l'enfant.

Incroyable, on dirait qu'il veut protéger Antoine d'elle !

— T'as de la chance de n'être qu'une gosse ! lui lance alors la grand-mère.

Son ton n'est plus aussi sec – comme si elle aussi avait eu peur pour Antoine et se rassurait de voir le chien entre lui et Louise. Cependant, elle paraît toujours furieuse.

— Elle est super gentille ! tente encore l'enfant. Elle m'a porté depuis avant le château.

La femme ne s'adoucit en rien :

— Ne t'approche plus jamais de mon petiot ! Et si je te reprends à espionner dans le coin, Fanfan se fera un plaisir de t'égorger !

Hein ?! Quoi ?! Elle est complètement folle, cette femme !

— Décampe ! Ouste ! Retourne à la Louvetière, sale engeance !

Louise est tellement sous le choc qu'elle met un certain temps à se rendre compte qu'elle a continué de reculer, et que le chien ne fait plus mine d'attaquer.

Elle tourne les talons et s'enfuit à toutes jambes.

Cette vieille est bien pire qu'un dragon !

Louise est attablée devant un bol de chocolat froid et dévore tartine après tartine (le matin, elle a toujours très faim). Elle regarde Papi s'entraîner à tourner autour de la table avec sa nouvelle acquisition.

C'est un fauteuil de handisport, très léger et maniable. Ses grandes roues sont en biais et ses armatures métalliques sont d'un beau bleu fluo ; il n'y a pas de poignées sur le dossier pour le pousser. Il ne fait pas du tout fauteuil triste pour malade dépendant. Papi en est enchanté et il donne presque envie à Louise de l'essayer. En tout cas, elle commence, sans trop frémir, à pouvoir les imaginer, Papi et elle, trottiner et rouler de concert sur des pistes cyclables ou des chemins sableux.

Il est tôt, à peine 7 heures, et si Papi et Louise sont des lève-tôt, Maman profite des vacances pour s'autoriser de longues grasses matinées. L'aide-ménager ne sera pas là avant 8 heures. C'est le bon moment pour que Louise renoue enfin le lien qu'elle a coupé avec son grand-père. Celui-ci a beau avoir l'air très concentré pour réussir ses virevoltes, elle sait qu'il n'attend qu'une chose : qu'elle lui parle. « Pour de vrai. » Une vraie conversation avec lui, comme avant. Quand ils avaient toujours plein de choses à se raconter.

Ça tombe bien, elle a effectivement plein de choses à lui raconter.

— Papi, c'est quoi une « engeance »?

La veille, la course à travers bois pour redescendre vers Brassac a permis à Louise de se remettre en partie de l'horrible accueil à la ferme des Châteleus. Arrivée au fond du val, elle s'est arrêtée au bord de la petite rivière pour réfléchir et se repasser la scène. Elle a fini par conclure que la grand-mère d'Antoine n'est pas folle à lier, plutôt folle d'inquiétude, comme l'a laissé entendre le petit garçon. Et que ce n'est pas vraiment elle que ce dragon et son monstre ont menacé d'égorger, mais plutôt quelqu'un d'autre…

— L'« engeance », c'est la famille au sens élargi, la tribu, ceux qu'on a engendrés. Tu vois l'idée? D'habitude, on utilise ce mot dans l'expression : « sale engeance ! »

Papi marque une pause, fronce les sourcils, et demande :

— Dis donc, quand tu as raconté, hier soir, que tu avais secouru le petit-fils d'Isa Châteleus et qu'elle t'avait mal reçue… Tu voulais dire qu'elle t'a injuriée ?

Louise ne s'étonne pas que Papi ait deviné d'où vient la question ; elle parie même que, la veille, il a senti qu'elle ne disait pas tout. Avant qu'il s'imagine que sa petite-fille a été vraiment agressée – il serait capable d'aller dire son fait à la grand-mère d'Antoine –, elle répond vite :

— Oui et non. Je pense que ce n'est pas moi qu'elle insultait, je pense que c'est ma sœur.

— Ta sœur ???

Alors Louise lui confie sa rencontre avec son sosie, la réaction de Maman évoquant immédiatement Paul, et le comportement du chien et de la vieille femme, comme s'ils craignaient qu'elle fasse du mal à Antoine.

Papi l'écoute sans l'interrompre. Il hoche parfois la tête pour signifier qu'elle a toute son attention.

À la fin, elle conclut :

— Tu comprends pourquoi je ne préfère pas en parler à Maman pour l'instant, mais j'ai vraiment envie de savoir qui est cette fille… Même si elle est méchante au point de faire peur à la grand-mère d'Antoine. Et toi, tu sais quoi sur Paul ?

— Je sais qu'il est originaire du coin et que, donc, tes déductions sont très plausibles. Mais je n'arrive pas à croire que tu aies une sœur. Ça voudrait dire que soit Paul l'a cachée à Lau quand ils étaient ensemble, soit qu'il n'est pas mort et qu'il a mis une autre femme enceinte quasi en même temps que ta mère. Je n'ai vu Paul qu'une fois, et il ne m'a vraiment pas paru être ce genre de gars. Surtout, ça m'étonnerait beaucoup que Lau se soit trompée autant sur quelqu'un. D'accord, l'amour rend aveugle, mais quand même… Non ! Vous êtes peut-être cousines, mais pas sœurs.

Louise n'avait pas pensé à cet aspect de la question. Sûr que Paul serait vraiment un sale type s'il avait caché un enfant à son amoureuse, ou, pire, s'il lui avait fait croire qu'il était mort. Maman en aurait un sacré coup au cœur, d'apprendre ça.

Elle aussi, ça la chamboule rien que d'y penser. D'une petite voix, elle demande :

— Mais pour me ressembler autant, elle ne peut être qu'une sœur, non ?

Papi réfléchit un instant avant de répondre :

— En fait, pour te ressembler à ce point, le plus habituel serait une vraie jumelle.

Il a un petit rire :

— Mais là, on est sûrs que ce n'est pas le cas. Ton père a assisté à ta naissance, et moi, j'étais dans le couloir.

Il poursuit :

— À partir de là, il n'y a pas plus de probabilités de se ressembler autant entre sœurs qu'entre cousines. Y compris entre cousines éloignées. Je crois même que ça a tendance à se produire en sautant plusieurs générations. Par exemple, tu ressemblerais beaucoup à ton arrière-grand-mère qui serait aussi celle de ton sosie.

Louise voit bien que Papi cherche à se rassurer tout autant qu'à la rassurer. Cependant, comme il se détend au fur et à mesure qu'il argumente, c'est qu'il trouve lui-même son discours convaincant.

— Pourquoi Maman n'a-t-elle jamais parlé de cette famille ? Elle ne leur a pas dit pour moi ?

— Elle a dit que Paul ne leur avait pas encore annoncé qu'il était avec elle. Il devait le faire mais il n'en a pas eu le temps. Elle a appris sa mort parce qu'ils ont envoyé un certificat de décès à la fac ; l'administratrice qui l'a réceptionné était une copine de Lau. Elle a téléphoné à sa famille pour dire qu'elle était sa petite amie et qu'elle attendait un enfant. Elle a été mal reçue et ils n'ont pas voulu croire qu'elle était enceinte de lui. Ça l'a mise en rogne et elle a décidé qu'elle s'occuperait très bien de toi sans eux ; de toute façon, c'était de Paul qu'elle aurait eu besoin. Mais, tu sais, si tu lui demandes, je suis sûr qu'elle te racontera tout.

Louise frissonne. Cette famille biologique ne paraît pas très recommandable. Ça ne va pas l'empêcher de mener l'enquête, mais si elle pouvait se passer de Maman et ne pas remuer le couteau dans une plaie encore vive…

— Non ! Il vaut mieux ne pas mêler Maman à ça, Papi. S'il te plaît. Mais, toi, parle-moi de Paul, demande-t-elle.

— Je ne l'ai vu qu'une fois, mais il m'a bien plu. C'était le premier petit copain que ta mère me présentait. Autrement dit, c'était très sérieux pour elle, et visiblement pour lui aussi. On mangeait dans une pizzeria et, pendant que Lau est partie aux toilettes, il m'a dit en riant : « C'est la première fois que je fais la connaissance de la famille d'une petite amie. J'espère très fort que c'est la dernière ! » J'ai compris qu'il m'avouait avec humour que je l'intimidais, mais aussi qu'il songeait déjà au mariage.

» À part ça, il avait l'air bien dans sa peau et droit dans ses baskets.

» Tu lui ressembles beaucoup. Parce que, toi aussi, tu es droite dans tes baskets et que tu as de l'humour, mais aussi parce que c'était un grand nerveux plein d'énergie… qui, comme toi, canalisait sa bougeotte à travers le sport. Lui, c'était les arts martiaux, si je me souviens bien, et il n'aimait pas les compétitions. Pareil que toi, avec la course ou la nage.

» Physiquement, je me rappelle juste qu'il était grand, bien baraqué, avec les mêmes yeux que toi. Dommage que je n'aie pas de photo, et je ne crois pas que Lau en ait non plus, sinon elle te les aurait montrées depuis longtemps.

Papi s'interrompt un instant avant d'ajouter doucement :

— Mais ça aussi, c'est à vérifier avec ta mère. Car, si cette histoire de jumelle se concrétise, il faudra bien lui en parler, non ?

Louise grimace, elle est déjà toute remuée, alors Maman…

Cependant, en y réfléchissant, Papi a raison. Si elle a le droit de savoir pour son père biologique et sa famille, c'est tout autant le cas pour Maman.

— D'accord, accepte-t-elle. On en parlera à Maman quand on en saura plus. Tu te rappelles son nom de famille ? On pourrait le chercher dans l'annuaire sur le Net.

— Non, aucune idée… Par contre, tu as bien dit que la Mère Châteleus t'a renvoyée à la Louvetière ? Je ne sais plus où c'est exactement, mais c'est un hameau pas très loin. On va regarder sur une carte…

Il s'interrompt de nouveau, et scrute le visage de Louise d'un air sérieux :

— Je ne pense pas que ce soit une bonne idée que tu ailles là-bas, seule. Que dirais-tu d'attendre que j'aie ma voiture à conduite automatique ? Le garage m'a promis qu'elle serait prête après-demain. On ira enquêter à la Louvetière tous les deux.

Oh que oui, Louise est d'accord ! Se découvrir une nouvelle famille est très intimidant. Mais avec Papi à ses côtés, elle se sent prête à affronter une nouvelle grand-mère aussi terrible que celle d'Antoine. Et un nouveau grand-père ? Et une cousine ?

Que ça fait bizarre d'imaginer cela !

CHAPITRE 5.

Le lac de la Retenue est incrusté dans le giron de collines boisées. Il dévoile ses eaux émeraude au détour de la petite route sinueuse qui descend vers lui. La voie mène à un grand parking, presque comble en ces jours caniculaires de vacances estivales.

Une partie de la rive droite a été aménagée pour les activités nautiques, et on y vient depuis des kilomètres à la ronde.

Maman, Papi – dans son nouveau fauteuil fluo – et Louise empruntent l'allée de sable bien tassé qui part de l'aire de stationnement. Ils traversent un bois et débouchent sur la plage longée par une prairie. Celle-ci, parsemée de baigneurs aux draps de bain et parasols colorés, monte en pente douce. Elle se termine par une ligne de cabanes abritant buvette, restaurant et divers stands de produits locaux.

Papi engage sans hésiter son fauteuil sur l'herbe, et continue de papoter avec Maman. Comme s'il ne remarquait pas tous les regards posés sur lui. Ceux-ci se détournent souvent quand l'invalide risque de les croiser… ou quand les gens se rendent compte que Louise observe leurs réactions. À son goût, leur curiosité est beaucoup trop teintée de pitié. Cependant, elle finit aussi par remarquer que certaines personnes, surtout des enfants, admirent le fauteuil et la dextérité de Papi à le manipuler. Il y a même des regards d'envie.

La main que Louise pose sur l'épaule de Papi est à la fois protectrice et fière de le revendiquer comme son grand-père.

Cependant, quand, une fois installés à l'ombre d'un peuplier, ils se mettent en maillot de bain, Papi découvre des jambes toutes maigrelettes (surtout la gauche), c'est au tour de Louise de détourner les yeux, gênée. Le vieil homme a un bon sourire rassurant et explique :

— Tu comprends pourquoi je ne tiens pas longtemps avec la béquille. Je suis resté longtemps allongé et les muscles ont fondu. Mais ils se refont petit à petit. Regarde, mes bras étaient comme mes jambes, mais maintenant le gauche est presque normal, et le droit est plus musclé qu'avant, grâce au fauteuil. Pour les jambes, ça va se passer pareil, elles vont regonfler à vue d'œil à force de marcher…

Il fait un clin d'œil avant de poursuivre :

— Ou de nager. On y va ? Le premier qui atteint le bout du grand ponton paie une glace !

Et d'un bel élan, il propulse son fauteuil vers la plage.

Louise et Maman terminent de se déshabiller et partent à sa poursuite. Elles le rejoignent au moment où il se jette à l'eau depuis l'extrémité d'un débarcadère pour les pédalos (le plus dur pour lui a été de se lever et de faire le pas – sans béquille – qui le séparait du bord).

Louise saute à sa suite, mais Maman n'hésite pas à effectuer un plongeon impeccable qui l'amène à un bon tiers de la distance à parcourir. Louise n'a pas le temps de crier à Maman qu'elle triche – et que ce n'est pas sympa d'en mettre autant plein la vue à un handicapé –, que Papi la devance, elle, d'une bonne dizaine de mètres ! Dans l'eau, il nage toujours comme un poisson. En tout cas, à la brasse. Le crawl ne doit pas lui être possible, mais Louise adopte cette nage plus rapide sans réfléchir : l'envie de gagner vient de l'envahir.

Peine perdue ! Elle a beau être l'une des meilleures jeunes nageuses de son club de natation, Papi a déjà trop d'avance pour qu'elle réussisse à le rattraper sur les quelques mètres restant à parcourir.

Elle arrive bonne dernière.

D'abord un peu mortifiée, elle réalise, au sourire triomphal de Papi, que lui aussi doutait fort de pouvoir la vaincre à la nage. Il est enchanté de sa victoire… et de montrer ainsi qu'il n'est pas aussi diminué qu'elle, et lui aussi – elle le devine soudain –, le craignaient. Quant à Maman, sans l'élan du plongeon, elle n'aurait jamais pu gagner contre son père ou sa fille. En trichant, elle a voulu signifier à l'un et l'autre qu'elle se considérait hors course de toute façon. Elle aussi est ravie que ce soit Papi qui ait gagné. Taquine, elle demande :

— Lou, tu n'aurais pas une glace à payer par hasard ?

Papi rigole et rappelle :

— Lau, je n'ai pas parlé du dernier arrivé, j'ai dit : « Le premier arrivé paie la glace ! »

Ce qui est tout à fait vrai. Louise éclate de rire, et Maman, bonne joueuse, aussi.

***

Après la baignade, Louise laisse les adultes lire à l'ombre, et se charge d'aller acheter les glaces (munie du porte-monnaie de Maman).

L'allée de cabanons commerciaux est bondée. Un stand de charcuterie attire la jeune fille. Non seulement elle adore l'odeur des jambons crus, mais il y a aussi un brumisateur d'air froid. Elle prend son temps, l'eau à la bouche et le visage au frais, pour examiner les bocaux de pâté, les rillettes, les grappes de saucisson, et les jambons secs à moitié débités.

Le vendeur, occupé avec un groupe de touristes, ne lui prête pas attention. Elle en profite, une fois toute la marchandise passée en revue, pour se poster à l'angle de l'étal sous le jet d'air froid.

Le cabanon voisin abrite un stand publicitaire pour un élevage de chiens, qui signale sa récente installation dans la région. La dame qui le tient discute avec un couple entre deux âges, dont les tenues – une robe légère et un chapeau de paille pour la femme, un costume de lin blanc pour l'homme – rappellent à Louise les parents des *Petites Filles modèles* de la comtesse de Ségur.

Le couple écoute l'éleveuse avec une attention soutenue, les yeux brillant d'une manière qui déplaît à Louise : on dirait de l'avidité. Curieuse de comprendre ce qui peut bien susciter une telle convoitise, elle tend l'oreille. Il est question de grands chiens dont la rareté et la force « feront l'envie de tous vos amis », et de « chiots seront bientôt disponibles ». Louise plaint les bêtes qui ne serviront qu'à rendre jaloux les gens, mais l'allusion aux grands chiens lui rappelle Fanfan. Comme il y a un livre sur les races canines à disposition sur le comptoir, elle délaisse le brumisateur et va le consulter.

Elle y découvre des grands danois et des mastiffs aussi géants que le chien de la grand-mère d'Antoine, mais ils n'ont rien à voir avec lui physiquement. Fanfan ressemble à un chien-loup, sauf qu'il est trois fois plus gros et aussi roux qu'un chow-chow. Il ne doit pas être un animal de race, conclut Louise. Elle abandonne le stand, où les touristes m'as-tu-vu en sont à parler argent. Cinq mille euros pour un chiot, quinze mille pour un jeune dressé ?! Louise n'en revient pas.

Elle approche de la buvette qui vend les glaces, quand une fille aux longs cheveux blonds encore humides s'arrête soudain devant elle. Elle tient un sac en plastique transparent rempli de cornets glacés. Elle doit avoir dix-huit ou vingt ans, peut-être un peu plus. Ses yeux de givre bleuté sont bien plus impressionnants que les yeux jaunes de Louise.

— Ben alors, qu'est-ce que tu fais, là? s'exclame-t-elle en riant. T'avais l'air pourtant bien contente que je me charge de cette corvée. Tu as changé d'avis?

Louise comprend immédiatement que la jeune femme la confond avec sa jumelle. La détromper amènerait forcément l'inconnue à vouloir savoir d'où elle sort. Pas question de le lui dire sans y réfléchir d'abord. Elle bredouille :

— Heu… Je dois… Aller aux toilettes…

— Ah? D'accord. Tu veux que je t'attende?

Cette fille est très gentille, mais Louise n'a aucune envie qu'elle s'attarde.

— Non, non! répond-elle, trop précipitamment pour que l'autre ne hausse pas un sourcil surpris.

Louise pense alors aux glaces. Elle désigne le sac de cornets :

— Ça va fondre, sinon…

L'inconnue la scrute un instant, puis hausse les épaules :

— O.K., j'y vais. À tout de suite.

Et elle part à grands pas.

C'est là que Louise réalise que sa jumelle est tout près, et qu'elle ne peut pas rater une telle occasion de la revoir. Elle a promis à Papi de ne rien faire sans lui, mais elle n'a pas le temps de le prévenir.

Elle entreprend de suivre de loin la jeune femme aux yeux aussi étranges que les siens.

CHAPITRE 6.

Tant que celle qu'elle file marche dans l'allée commerciale puis descend vers le lac à travers la prairie, Louise ne craint pas de se faire repérer. Au contraire, elle craint plutôt de la perdre de vue au milieu de tous les gens qui vont et viennent.

À un moment, alors qu'elle-même a dû contourner tout un groupe de jeunes, elle ne la retrouve plus. Elle a beau fouiller des yeux la direction que suivait la blonde, cette dernière s'est volatilisée.

Une seule solution : l'inconnue a changé de cap. Soit elle est en train de traverser toute la prairie vers le parking, soit elle est partie à l'opposé, vers la forêt qui limite la zone aménagée.

Les bois étant plus proches, Louise estime que c'est par là qu'elle a le plus de chances d'avoir disparu. Elle se met à courir, en espérant qu'elle a fait le bon choix et qu'il n'est pas trop tard.

Sous les frondaisons, la vue est d'abord dégagée, le sous-bois ayant été débroussaillé. Mais, très vite, les buissons reprennent leurs droits. Louise n'a que le temps d'apercevoir une silhouette féminine tenant un sac s'évanouir en contrebas, derrière un bosquet de jeunes arbres.

Elle dévale vers l'endroit, bien que sans grand espoir de retrouver la piste de l'inconnue. Cependant, celle-ci ne peut pas aller bien loin : les glaces fondent vite, effectivement. En patrouillant un peu la forêt, elle aura peut-être la chance de découvrir où s'est installée la blonde… ainsi que son sosie et, à en croire le nombre de cornets dans le sac, une dizaine d'autres personnes.

Et la chance est au rendez-vous ! En effet, Louise tombe sur un sentier bien tracé qui longe la berge du lac devenue abrupte. À l'évidence, l'inconnue l'a rejoint en coupant à travers les arbres et le suit désormais.

L'ado s'y engage à son tour.

D'abord elle y trottine assez rapidement, poussée par le désir de rattraper la fille, puis elle se rappelle que son projet n'est pas de débouler au milieu de sa possible famille biologique. Ce qu'elle veut, c'est en apprendre plus sur elle, sans se faire voir. Elle s'arrête pour réfléchir à comment faire.

Juste à temps.

Car de derrière la bosse de terrain qu'elle s'apprêtait à franchir, des cris et des rires lui parviennent soudain.

Prudemment, Louise quitte le sentier et entreprend de se glisser entre les ronces et les noisetiers pour contourner la bosse et voir ce qui se cache de l'autre côté.

Guidée par le chahut joyeux, elle décrit lentement un arc de cercle autour de lui. Elle ne tarde pas à se retrouver à plat ventre au sommet d'une petite falaise qui surplombe une crique de galets.

Une bande d'enfants, d'ados et de jeunes adultes s'y bousculent et s'empoignent à plein corps. Ils rient, crient, grondent de fausse colère en roulant sur le sol. Au milieu de cette joyeuse mêlée, la blonde aux yeux d'iceberg est dressée de toute sa taille. Hilare, elle lève à bout de bras le sac de glaces, pour le mettre hors de portée des autres. De temps à autre, elle hurle « Caramel pour Théo ! » ou « Chocolat pour Cathie ! », comme si elle comptait les points d'un match de lutte.

Une drôle de lutte dont Louise est bien incapable de comprendre les règles, mais qui sans conteste est amicale, ou plus certainement : *familiale*.

Pas d'adultes – pas de jumelle non plus, d'ailleurs –, et des âges qui s'échelonnent de trois ou quatre ans, à vingt ans environ. Il ne s'agit sûrement pas d'un groupe de copains venu s'amuser à la plage. Malgré la rudesse apparente des empoignades, il est aussi évident que personne ne fait mal à personne, et que le jeu ravit aussi bien les grands que les petits. Louise se prend à s'imaginer participer à la mêlée, et ça la fait sourire. S'il s'agit bien de sa famille, elle est bien plus unie qu'elle le pensait. Et elle sait s'amuser.

Un craquement de branche brisée derrière elle interrompt brusquement sa surveillance. Elle se retourne vivement, rougissant d'être surprise à espionner.

Sa jumelle est à trois pas, appuyée nonchalamment contre un tronc, elle la fixe d'un air goguenard.

— C'est moi que tu cherches ? demande-t-elle.

***

C'est vraiment incroyable comme cette fille lui ressemble ! Ses cheveux sont un peu plus longs et peut-être un peu plus bouclés ; les joues un peu plus rondes indiquent peut-être qu'elle est plus jeune que Louise – treize ans ? –, mais le regard doré, lui, semble plus pénétrant que le sien – quinze ans ? Plus ?

— Mes parents ont cru que je t'avais rêvée, dit doucement l'inconnue en s'accroupissant (Louise comprend qu'elle agit ainsi pour la mettre à l'aise en se baissant à sa hauteur). Ils ont dit que t'étais juste une fille qui me ressemblait à cause des yeux et de la coupe de cheveux.

Louise sourit :

— Ma mère a dit la même chose.

Son sosie rit et lui lance un regard complice. « Ah, les parents ! » exprime-t-il. Puis elle reprend son sérieux et murmure, songeuse :

— Ainsi, toi non plus tu ne te doutais pas de mon existence. Et toi aussi, tu as demandé…

Le sourire revient d'un coup, et elle s'exclame :

— À la tête que t'as faite en me voyant, je l'avais parié ! Et pour nos parents, comme il n'y a aucune explication, alors ils concluent qu'on a rêvé, point !

— Peut-être qu'ils ne sont pas au courant…, avance Louise.

— Pas au courant ou ne voulant pas nous en parler, tu veux dire ? Parce que nous sommes trop jeunes, ou un truc du genre ? Sauf que moi, je suis une… (elle se mord la lèvre, comme si elle hésitait sur le mot à employer, avant de terminer par :) héritière.

— Une héritière ? T'entends quoi par là ?

— Humph…, grommelle la jeune fille de nouveau pensive. O.K., puisque maintenant je t'ai bien sentie et que je suis certaine que tu es de la famille – même si ce n'est pas croyable –, autant commencer à t'expliquer.

Louise ouvre de grands yeux. En voilà une qui aime se la jouer mystérieuse !

— Ben oui, explique.

— Une héritière, c'est quelqu'un qui doit tout savoir sur la famille le plus tôt possible. Et ça passe par connaître toute la parentèle vivante.

Elle grimace, mi-ironique, mi-comique :

— Ça fait du monde à apprendre par cœur, je peux te dire ! On tient la généalogie familiale depuis le Moyen Âge, et on prend en compte cinq générations descendant de chaque membre de la branche mère. Bien sûr, s'il y a un nouveau croisement avec celle-ci, on repart de là pour définir le degré de cousinage.

Devant l'air ahuri de Louise, elle s'arrête, réfléchit un instant, cherchant visiblement comment mieux expliquer les choses. Elle finit par hausser les épaules :

— Bref, fait-elle, il y a actuellement 66, non 67 avec toi, membres de sang de la branche mère – la famille, quoi ! –, et 1 784 personnes apparentées dont la plupart ne le savent pas.

Elle commente avec une nouvelle petite grimace :

— Et qui ne veulent pas le savoir, d'ailleurs... Mais, je suis censée pouvoir tous les reconnaître si je les rencontre.

Louise est bouche bée. Quelle étonnante tradition familiale ! Elle n'aimerait pas du tout apprendre par cœur des listes de milliers d'inconnus. Pourquoi sa jumelle semble-t-elle trouver cela tout à fait normal ?

Celle-ci, le front plissé, se remet à réfléchir à haute voix :

— Même si Tante Lucile – c'est notre généalogiste en chef – dit qu'il y a moins d'une chance sur un milliard, la seule explication est que tu descends d'une branche secondaire d'avant le 18e siècle, plus de cinq générations, quoi. Parce que sinon ton odeur, tes yeux jaunes et ta morphologie indiquent que tu es en plein dans la souche génétique mère. En plein une Garloup, quoi ! Et là, c'est totalement impossible qu'on soit passé à côté de toi. Donc tu ne peux être que l'exceptionnelle exception qui confirme la règle, si tu vois ce que je veux dire !

Non, Louise ne voit pas vraiment. Elle trouve sa jumelle de plus en plus étrange. D'un côté, elle paraît déjà experte en génétique et en généalogie. De l'autre, elle semble totalement ignorer qu'il y a des enfants non désirés et rejetés par leurs proches.

Par exemple : elle, par sa famille paternelle, avant même sa naissance.

Et c'est là que tout à coup elle réalise…

Sa jumelle a répété plusieurs fois que Louise EST de sa famille – de sa famille proche, pas quelqu'un de vaguement apparenté !

Une bouffée d'émotion envahit ses joues, lui donne soudain tout chaud au cœur. Cette fille estime que leur lien biologique remonte au Moyen Âge, mais elle l'adopte sans retenue immédiatement ! Elle lui fait confiance, comme si elles se connaissaient depuis longtemps. Louise n'aurait pas imaginé que ça lui ferait autant d'effet…

Elle qui n'est pas du genre à raconter sa vie à une inconnue, elle décide soudain qu'à celle-ci, elle le peut.

— Tu sais, dit-elle doucement, je crois qu'on n'est pas cousines aussi éloignées que ça. Mon père biologique s'appelait Paul et il est du coin. Ta famille doit forcément l'avoir connu, il avait les yeux jaunes comme nous. Il est mort sans savoir que Maman était enceinte, mais quand elle l'a dit à ses parents, ils l'ont envoyée se faire voir.

L'autre écarquille les yeux d'étonnement.

— Paul ? Tu parles de Paul Garloup ? Mon plus jeune oncle ? Celui qui est mort au Canada… Oui, c'était il y a quinze ans, ça ne peut être que lui ! Ça alors !

Elle fronce les sourcils.

— Mais… Impossible ! Il n'a pas de compagne dans les registres généalogiques. Et chez nous, on ne fait des enfants qu'avec son âme sœur. Et on met au courant la famille qu'on a rencontré son âme sœur bien avant d'avoir des enfants. Sans compter que chez nous, les enfants sont sacrés. Personne n'irait en rejeter un !

— Très romantique, ne peut s'empêcher d'ironiser Louise.

À sa grande surprise, les larmes montent soudain aux yeux de sa jumelle. Elle se lève brusquement et vient la prendre dans ses bras. Elle la serre contre elle, comme si elle voulait la consoler.

— Ce n'est pas romantique, chuchote-t-elle d'une voix émue, c'est génétique. Tu vas voir à quel point c'est vrai quand ils vont apprendre que tu existes. Ils vont tout de suite te faire la fête. Tu as une famille, maintenant ! Qui t'aime d'avance de tout son cœur !

Louise, d'abord toute raide, finit par se laisser aller. Son double semble l'imaginer sortie d'un orphelinat à la *Oliver Twist*, et s'horrifie de sa situation. Même si c'est à côté de la plaque, ça l'émeut, une telle gentillesse, une telle envie de l'intégrer à sa famille.

— J'ai une famille qui m'aime, tu sais. Et pour moi, mon père n'a jamais été Paul, mais Papa, l'homme qui m'a adoptée dès la naissance. Et j'ai Maman et Papi. Ils sont géniaux, je t'assure !

Sa jumelle se détache d'elle en reniflant un peu. Elle scrute Louise longuement.

— C'est vrai? Ça fait si peu de monde, tu n'es pas malheureuse?

— Pas du tout, affirme Louise.

Avec un sourire malicieux, elle ajoute :

— Surtout que maintenant, j'ai aussi une cousine...

L'autre la regarde tendrement avant de se mettre à rire :

— Pas juste une cousine, je te dis! Toute une meute!

CHAPITRE 7.

— Allez, viens, je vais te présenter, dit sa jumelle en prenant Louise par la main.

Louise résiste : hein, quoi, maintenant ? La bande de jeunes dans la crique en contrebas lui a certes fait envie tout à l'heure, cependant, ils ont beau s'être calmés depuis un moment – ils dégustent certainement leur glace –, se retrouver au milieu de tous ces inconnus… Que dira la blonde à qui elle a menti ? Son sosie est super et c'est adorable qu'elle l'accueille comme ça dans sa famille, mais Louise n'est pas vraiment convaincue que les autres l'acceptent aussi facilement.

— Heu…, fait-elle en dégageant sa main et en reculant d'un pas.

L'autre la regarde, surprise, puis s'adoucit :

— Je comprends… Ils sont un peu bruyants, quand on n'a pas l'habitude, c'est ça ?

Louise acquiesce lentement de la tête tout en baissant les yeux. Elle chuchote :

— Ça fait beaucoup pour moi, oui. Une autre fois ?

Sa nouvelle cousine a l'air tellement déçu que son cœur se serre. Vite, elle propose :

— Laisse-moi juste un peu de temps. Et puis, je préférerais que tu les préviennes avant qu'on se rencontre.

Elle se souvient alors de Papi :

— En plus, j'ai promis à mon grand-père de ne pas contacter ma famille biologique sans lui en parler d'abord. Là, on peut dire que c'est toi qui m'as trouvée, alors ça va aller, mais, déjà, suivre ta cousine jusqu'ici… c'était pas très correct de ma part de lui faire ça.

De penser à Papi lui rappelle aussi :

— Et puis, lui et ma mère doivent se demander où je suis passée, j'étais censée être juste partie chercher des glaces.

Sa jumelle s'est rassérénée et elle a retrouvé le sourire :

— Pas de problème ! T'as raison, on va y aller plus doucement. Demain, tu peux revenir ici ? Nous, on a prévu d'arriver vers 15 heures. On peut aussi passer te prendre en voiture chez toi… Eh, eh, tu vas voir comme c'est pratique d'avoir des cousins qui ont le permis !

Louise rit pour ce qu'entend son alter ego par « plus doucement », mais ça lui convient bien. Sauf l'idée que Maman voie son double avant qu'elle en sache plus sur l'accueil que va leur faire cette nouvelle famille. Qui dit que les grandes personnes – notamment les parents de Paul – ne vont pas continuer à nier son existence ?

Elle explique la situation. Sa cousine continue d'affirmer que tout se passera bien, mais elle admet que, de son côté aussi, ce serait mieux qu'elle en discute d'abord avec les adultes.

— À demain, alors ! Et s'il y a un souci, on se téléphone.

— D'accord. À demain.

Louise commence à s'éloigner quand sa cousine la rappelle :

— Hé, au fait, comment tu t'appelles ?

Louise, interloquée, la fixe un instant sans comprendre. Avant de se rendre compte qu'elles viennent de discuter un bon moment et se sont confiées l'une à l'autre sans même savoir leurs noms.

Sa cousine prend conscience de la même chose, car elle éclate de rire en même temps qu'elle.

— Louise, je m'appelle Louise Chevat.

— Et moi, c'est Héloïse. Héloïse Garloup.

***

Maman est enchantée que Louise se soit trouvé une copine.

— Ah, ah ! Je me disais bien que la queue pour les glaces ne pouvait pas durer aussi longtemps ! Je pensais que tu étais tombée sur un stand de dégustation de saucisson ou de fromage. Mais une copine et toute sa bande de potes, c'est bien mieux ! Tu vas avoir des vacances formidables ! Bien sûr que je te ramène demain.

Louise avait parié sur cette réaction, car Maman s'inquiète toujours – surtout depuis le divorce et la maladie de Papi – que sa fille soit trop solitaire. (Mais Louise préfère de loin aller courir seule plutôt que de sortir avec ses amis du collège. Ils sont sympas, mais ne partagent pas son amour du sport, et pour le shopping : eux, la charcuterie, c'est pas leur truc ; et elle, les vêtements et les engins motorisés, ce ne sont pas les siens).

Elle espère fort que Maman ne lui en voudra pas trop quand elle saura avec qui elle a vraiment rendez-vous. Déjà qu'elle évite de regarder Papi en parlant de « copine »...

Cependant, quand elle s'y décide, il sait déjà qu'il y a anguille sous roche. Il l'interroge du regard avec une mimique qui lui demande clairement si cette rencontre n'aurait pas un rapport avec sa jumelle, et si tout va bien. Elle hoche la tête avec un grand sourire pour confirmer et l'un et l'autre... et parce qu'il n'y a aucun reproche dans les yeux de Papi. Sûr qu'il comprend qu'elle ne pouvait pas manquer une telle occasion d'en savoir plus sur Héloïse.

Héloïse ! Ça sonne un peu comme Louise. Elle a tellement hâte de la raconter à Papi !

Mais ce sera pour demain matin, car Maman est en train de remballer leurs affaires.

— Plus le temps pour la glace. Moi aussi, j'ai rencontré des copines – des amies du lycée que je n'avais pas vues depuis dix ans. Elles viennent ce soir avec leurs familles pour l'apéro. On va passer faire quelques courses.

***

En arrivant à la maison, Papi découvre une enveloppe glissée sous la porte. Elle est adressée à « Louise Chevat, en ville ». En voyant l'écriture enfantine, Louise pense tout de suite à Antoine. Vu la petitesse de Brassac, le « en ville » la fait rire, jusqu'à ce que Papi explique qu'il s'agit d'une manière polie d'envoyer une lettre sans passer par la Poste. Bon, normalement la mention « E.V. » ne sert pas d'adresse, et on l'écrit dans un coin de l'enveloppe. Louise rigole de plus belle, c'est tout à fait le genre du gamin de savoir plein de choses étonnantes… et d'avoir une façon très personnelle de les assimiler.

Sans surprise, le mot qu'elle sort de l'enveloppe est bien de lui, étant donné la signature :

Si tu es toi alors tu comprendras ce message :
2m1 loh o Kyou 2 la chviy
Chic-chic

Elle met un certain temps à décoder le langage SMS. Sa connaissance de celui-ci est plutôt sommaire puisqu'elle n'a pas de téléphone à elle (les portables de ses parents sont largement suffisants pour ses quelques communications avec ses copains, et elle aurait l'impression d'être trop surveillée par Papa et Maman s'il fallait leur envoyer des textos à tout bout de champ pour ne pas qu'ils s'inquiètent).

Antoine non plus ne doit pas disposer d'un portable à son âge ni avoir beaucoup l'occasion de pratiquer le SMS. Cependant, encore une fois, c'est bien dans son style de le connaître.

Aussi, elle le soupçonne de croire que seuls les jeunes sont aptes à le déchiffrer. Voulait-il, en étant si mystérieux, éviter que son dragon de grand-mère puisse comprendre son message ?

Le pauvre ! Il ne doit pas avoir le droit de la revoir et se sent coupable de l'accueil fait à sa « sauveteuse ».

Elle parie que c'est pour s'excuser qu'il lui a donné ce rendez-vous. Comme demain matin elle est libre, elle ira volontiers le retrouver à 10 heures au « caillou de la cheville ».

***

Louise doute de reconnaître le fameux « Kyou » parmi toutes les pierres qui jonchent la forêt. Elle se rappelle qu'elle atteignait presque le sommet de la colline quand elle a rencontré Antoine, mais, dès la mi-hauteur, elle trottine plus qu'elle ne court, en scrutant le sous-bois.

Inutilement, car l'enfant ne l'attend pas caché sous des noisetiers. Elle le découvre au milieu du sentier au détour d'un lacet.

Une expression inquiète lui fronce les sourcils, mais, en la voyant, son visage s'éclaire :

— J'en étais sûr ! s'exclame-t-il d'un ton où la joie se mêle au soulagement. T'es bien toi !

— Coucou ! fait-elle, amusée d'un tel accueil. Comment va ta cheville ? Évidemment que je suis moi.

— Ma cheville ?... Oh, ma cheville ! Elle me fait presque plus mal.

C'est quand même en boitillant un peu qu'il s'approche d'elle, et, soudain, se jette dans ses bras en riant.

— Je suis trop trop trop content que tu sois là !

Louise, un peu étonnée de tant d'enthousiasme, lui rend son embrassade.

— À ce point ? plaisante-t-elle.

Il se détache d'elle et la regarde avec sérieux.

— Tout le monde croit que tu m'as trompé, que t'es pas la *chicouf* de M. Chevat. Je veux dire la *chic-chic*, se reprend-il avec un petit sourire malicieux, avant que son visage retrouve sa gravité et qu'il poursuive :

— Ils disent que c'est certain, que ton odeur ne peut pas mentir, et que t'es une Garloup. Mais c'est moi qui ai raison ! Si t'étais pas une Chevat, t'aurais pas eu mon message !

Qu'est-ce que c'est que cette histoire d'odeur qui revient tout le temps ? Héloïse aussi y a fait plusieurs fois allusion. Louise pue tant que ça ou quoi ? Pourtant, elle sait bien que non. Alors, c'est qu'ils ont un flair de loup dans le coin ?... Quoique, c'est normal pour Fanfan. Cependant, comment la grand-mère saurait-elle *qui* son chien a senti ? Et Héloïse ? Non, ce n'est pas juste le chien, mais c'est bizarre un tel odorat chez des humains… Qui n'ont rien à voir entre eux, en plus… Sauf qu'à l'évidence, les Châteleus et les Garloup se connaissent, et les premiers n'apprécient pas du tout les seconds.

Le long silence de Louise en pleine réflexion finit par inquiéter Antoine. D'une petite voix soudain pleine de doute, il demande :

— T'es bien une Chevat, hein ? T'es pas une Garloup.

Sensible à son besoin d'être rassuré, Louise confirme précipitamment :

— Oui, oui, t'inquiète, je suis bien une Chevat.

Et aussi une Garloup, désormais, pense-t-elle.

Et comme les cachotteries envers Maman lui pèsent, qu'hier elle n'a pas vraiment tenu parole avec Papi, et que la confiance que lui accorde Antoine la touche beaucoup – il la défend même contre sa grand-mère ! –, elle décide qu'elle ne veut pas aussi tromper l'enfant. Tant pis, si elle le déçoit.

— Mais je suis aussi une Garloup, dit-elle doucement.

Antoine se recule d'un bond, horrifié.

— Alors, c'est vrai ? C'est toi qui as enlevé Pépé ?

CHAPITRE 8.

Hein ? Quoi ? Mais c'est très grave, ça ! Et c'est elle qu'on accuse ?

— Ton pépé a été enlevé ? Jamais, je ne ferais une chose pareille ! Quand ? La police a des pistes ?

Antoine a une moue de dédain mêlée d'amertume :

— Inutile d'appeler les gendarmes. Moins on les voit, mieux on se porte !

Louise sursaute. En voilà une façon de considérer les forces de l'ordre quand la vie de quelqu'un est en jeu ! Sûrement, le petit garçon ne fait que répéter ce que sa famille pense. Les Châteleus ont-ils tellement de choses à se reprocher qu'ils évitent les gendarmes, même quand leur grand-père a disparu ? Et dire qu'ils croient qu'elle a quelque chose à voir là-dedans. Ils ne veulent quand même pas se faire justice eux-mêmes ? Ou si ? Inquiétant.

C'est elle qui cette fois recule.

Antoine ne s'en aperçoit pas, des larmes de rage envahissent son regard :

— Ils ne comprennent rien à rien. Pour eux, Pépé, c'est qu'un chien. Et c'est nous qu'on est dingues, de le traiter comme s'il faisait partie de la famille.

Un chien ? Oooh, tout s'explique ! Louise est soulagée. Voilà pourquoi la grand-mère dragon ne compte pas sur les gendarmes pour le chercher, et voilà pourquoi elle peut croire qu'une ado comme elle – ou comme Héloïse – a pu emmener son chien. (N'empêche, si Pépé est du même gabarit que Fanfan, elle a du mal à imaginer quelqu'un capable de l'attraper.)

— Mais il FAIT partie de la famille ! gronde Antoine, qui la défie du regard d'oser penser comme les gendarmes.

Une larme amère s'échappe de ses yeux mouillés.

Louise revoit Fanfan bondir sur elle les crocs dégainés : il voulait juste l'effrayer, il voulait juste l'éloigner d'Antoine et le protéger d'elle. C'est sûr qu'un chien qui vous adore comme ça, vous ne pouvez que lui rendre la pareille. D'autant plus qu'il se contrôlait parfaitement, il ne lui a fait aucun mal. Autrement dit, pas besoin de l'attacher, on peut lui demander de surveiller les enfants en toute confiance. Elle devine que, pour Pépé, ses maîtres ressentent la même chose.

— Je comprends, Antoine. Oui, bien sûr que Pépé est un membre de ta famille. Et je t'assure que je n'y suis pour rien dans sa disparition.

Antoine se détend et renifle.

— Je te crois, fait-il. Sinon tu ne serais pas venue aujourd'hui. T'es sûre que t'es une Garloup ? On dirait vraiment pas.

— Je le sais seulement depuis hier, répond Louise.

Avant d'ajouter :

— Je ne connais pas encore cette famille, mais la cousine que j'ai rencontrée est vraiment sympa. Elle, je suis sûre qu'elle n'irait pas voler un chien. Mais pourquoi les tiens croient que c'est eux ?

— Parce que les Garloup, faut s'en méfier !... Sauf de toi, hein ! précise-t-il vivement. Mais les adultes ne m'écoutent pas. Pour eux, comme t'es apparue juste deux jours après la disparition de Pépé, ils ont additionné deux plus deux.

— C'est tout ? s'insurge Louise. Les Châteleus et les Garloup sont peut-être ennemis, mais moi, j'étais là par hasard ! Et puis, même si j'avais déjà été une Garloup, te ramener chez toi ne veut pas dire que c'est moi la voleuse !

— Non, non, c'est pas tout, réplique Antoine.

Avant de s'interrompre brusquement, visiblement hésitant et un peu gêné. D'une petite voix embarrassée, il demande :

— Tu jures de ne pas dire que c'est moi qui t'ai dit ?

Louise ne sait pas trop quoi répondre. Elle ne veut pas faire une promesse qu'elle ne pourra pas tenir. Or, s'il s'avère que l'affaire entre les Châteleus et les

Garloup est sérieuse, elle devra en parler à Papi et à Héloïse.

— Tu risques quoi si ça se sait ?

Antoine se mordille la joue, toujours gêné, mais il finit par relever la tête et la fixe droit dans les yeux :

— D'accord, promets pas. Je risque seulement une fessée… parce que je me suis caché pour écouter le Conseil de Famille. Mais Papa l'a fait aussi quand il était petit, et Grand-Mère ne l'a pas trop disputé.

Louise retient un sourire. Si Antoine est prêt à se faire gronder par le dragon, c'est que c'est très sérieux pour lui, mais pas forcément en soi.

— O.K., accepte-t-elle. Je te donne ma parole que je ferai ce que je pourrai pour que ta grand-mère ne le sache pas. Ça te va ?

— Merci… Alors si le Conseil croit que c'est les Garloup, c'est parce qu'après que tu m'as sauvé, mes parents et les autres qui cherchaient Pépé ont trouvé sa trace et l'endroit où il a été enlevé. Il y avait aussi les odeurs des kidnappeurs : trois hommes et une femme. Pépé a été embarqué dans une camionnette, et ils ont perdu la piste. Mais comme t'étais venue à la ferme, ils se sont dit que c'était un coup des Garloup, et ils sont allés voir à la Louvetière. Ils ont pas senti Pépé, mais un des hommes et la femme y sont passés plusieurs fois.

Louise essaie de bien comprendre :

— Tu veux dire qu'ils n'ont pas parlé avec les Garloup ?

— Ben non, on est trop fâchés avec eux. Et les odeurs ne mentent pas quand on a le nez de Papa ou de Fanfan. Suffit de flairer de loin.

La grand-mère, Héloïse, et maintenant le père d'Antoine. Quel super odorat !

— Je vois, fait-elle, mais ces hommes et cette femme, ce sont des Garloup ou pas ?

— Non, c'en est pas. Grand-Mère pense que les Garloup les ont employés pour piéger Pépé, parce que justement leurs odeurs ne sont pas reconnaissables. Et ils sont venus plusieurs fois à la Louvetière ces derniers jours : certainement pour monter le coup, puis, après, pour faire leur rapport. Ils doivent retenir Pépé prisonnier quelque part où ça ne sent pas le Garloup.

— Mais pourquoi feraient-ils enlever Pépé ?

— On sait pas. Grand-Mère suppose qu'ils attendent que Pépé ait presque perdu la boule à force d'être prisonnier, et qu'on soit tous hyper inquiets. Là ils viendront dire ce qu'on doit faire pour le délivrer, et on sera obligés d'obéir. Dans les temps anciens, on a déjà eu des problèmes comme ça avec eux.

Louise grimace. Ça se tient, cette histoire, même si la présence des kidnappeurs à la Louvetière relève peut-être d'une coïncidence, comme sa rencontre avec un Antoine à la cheville foulée. Mais ça fait beaucoup de coïncidences, non ? Sa famille biologique est-elle aussi horrible que ça ?

— Mais on n'est pas du style à attendre sans rien faire...

Antoine hésite de nouveau avant de lancer :

— Grand-Mère a décidé qu'on va attraper un Garloup, et qu'on l'échangera contre Pépé.

— Quoi ?... Oh, tu veux dire que les Garloup ont des chiens auxquels ils tiennent autant que vous à Pépé ?

— Oui, bien sûr !

Louise n'a pas le temps de soupirer de soulagement – l'enfant parle donc bien de voler un chien, non une personne –, qu'Antoine conclut :

— J'ai peur qu'ils t'enlèvent, toi. C'est pour ça que je t'ai donné rendez-vous. Faut que tu fasses très attention. Et ne t'approche pas de la Louvetière !

Ah ben non, il parle bien de personnes...

Louise prend une grande inspiration et la relâche lentement pour empêcher la panique de monter. Ça la calme bien, et ça lui permet de reprendre conscience de la sérénité de la forêt autour d'eux. Elle se rend compte qu'elle s'est laissé envahir par les émotions d'Antoine, parce qu'il n'y a aucun doute qu'il est vraiment bouleversé.

Alors que, à la réflexion, croire sa famille capable d'enlever une personne n'est pas étonnant de la part d'Antoine. Après tout, il confond entièrement les chiens et ses proches. L'enfant a mal compris ou mal interprété ce qui s'est dit dans ce « Conseil de Famille ». Au plus, c'est la séquestration d'un animal des Garloup que le dragon envisage.

N'empêche, kidnapper des chiens pour une rançon ou des représailles, c'est vraiment choquant.

CHAPITRE 9.

Louise n'a réussi qu'en partie à rassurer Antoine. Elle n'a pas pu faire mieux, car elle aussi est impressionnée de la violence des réactions des Châteleus à cause d'un chien disparu. Et elle s'inquiète de la méchanceté potentielle des Garloup : sont-ils capables de voler un animal adoré par ses maîtres ? L'ont-ils vraiment déjà fait ?

C'est le cœur battant à tout rompre qu'elle avance sur le sentier menant à la crique où elle a rendez-vous avec ses cousins biologiques. Il n'y aurait pas son coup de foudre amical pour Héloïse et sa détermination à mener l'enquête sur Paul, elle rebrousserait chemin et c'en serait fini de toutes ces bizarreries.

Sa jumelle l'attend sur la dernière butte du sentier avant la descente au bord de l'eau.

Quand elle l'aperçoit, elle bondit sur ses pieds en criant :

— La voilà !

Rayonnante, elle court à la rencontre de Louise, lui claque deux bises sonores sur les joues, la prend par la main et l'entraîne en riant :

— Viens, viens ! Tu vas voir comment on est contents d'avoir une nouvelle cousine.

Louise se laisse faire, dépassée par autant d'enthousiasme.

Quand elle franchit le surplomb et que la petite plage se dévoile à ses yeux, elle s'immobilise, bouche bée.

Les jeunes Garloup – plus nombreux que la veille – s'essaient à un garde-à-vous plus ou moins réussi, des plus grands aux plus petits. Un grand sourire fend jusqu'aux oreilles tous les visages, et des gloussements s'échappent quand elle leur apparaît. On sent qu'ils se retiennent de ne pas se précipiter sur Louise avec des hurlements de joie.

Ils ont dressé sur des perches un grand paréo qui protège du soleil une natte chargée de victuailles : des gâteaux faits maison, mais aussi tout un assortiment de charcuterie (comment savent-ils ce qu'elle préfère ?), du pain et des jus de fruits.

Avec des galets bien blancs, ils ont formé sur la plage de grandes lettres un peu malhabiles. Louise, incrédule, déchiffre :

BIENVENUE,
LOUISE !

Une vague d'émotions secoue la jeune fille des pieds à la tête. Tellement intense, qu'un instant elle ne sait plus si elle doit rire, pleurer, fuir ou se jeter dans les bras de tous ces inconnus qui l'accueillent aussi chaleureusement.

Quelle étrange famille que celle de son père biologique... mais quelle famille formidable !

Des larmes attendries coulent sur ses joues cramoisies alors qu'elle se met à son tour à sourire. Sa voix est encore trop étranglée pour qu'ils entendent clairement le « Merci » qu'elle croasse. Cependant, le salut qu'elle leur adresse d'une main un peu tremblante est tout autant explicite.

Louise descend dans la crique pour serrer chacun de ses cousins contre son cœur.

***

Pierre, Hermeline, Jules, Marion... ils sont bien trop nombreux – dix-sept ! – pour que Louise réussisse à mémoriser tous les prénoms. Sans même parler de se rappeler qui est qui...

— « Cousine » et « cousin », ça suffira pour l'instant, propose en riant la blonde aux yeux de glace de la veille.

Elle, elle se nomme Anne et partage son regard impressionnant avec son petit frère – sept ans. Celui-ci est actuellement installé sur l'un des genoux de Louise, assise en tailleur.

L'autre est occupé par la benjamine de la tribu, Cathie, aux « trois ans et deux mois » revendiqués fièrement.

La gamine fait tout son possible pour empêcher une autre brunette, à peine plus vieille, de la pousser entre les jambes de Louise, et de gagner ainsi sa place sur la cuisse.

Tandis que les plus grands font mine de ne s'apercevoir de rien et jouent à découvrir tous les détails qui la différencient d'Héloïse, la manœuvre d'ensevelissement des petits continue. Deux corps chauds viennent de se caler dans le dos de Louise, des mains ébouriffent ses cheveux, des petits bras la prennent par le cou, des bisous la picorent un peu partout.

Louise résiste à l'assaut, secouée d'un rire silencieux, échangeant des regards de connivence amusée avec les plus âgés.

Mais quand deux autres cousins, d'une bonne dizaine d'années, ceux-ci, passent à leur tour à l'offensive, Louise s'écroule sur le côté.

— Pouuuuce ! crie-t-elle, en laissant éclater son hilarité.

C'est le signal pour que tout le monde se jette dans la bagarre. Les grands attrapent les petits à bras le corps pour les éloigner de Louise, les enfants s'échappent de leur étreinte pour revenir à l'assaut. Le but du jeu est de faire un maximum de bisous à Louise dès qu'ils réussissent à s'y agripper. Comme ils ne la serrent pas fort et se laissent facilement détacher, c'est à force de rire que Louise est tout essoufflée. Héloïse a bien raison de parler d'une « meute » de cousins ; qu'est-ce que c'est chouette de jouer comme des chiots !

Soudain, un sifflement strident *fige* tout le monde en pleine bataille.

C'est Héloïse qui a *sifflé*. Elle est debout, immobile devant le surplomb rocheux ; une légère brise qui descend de la *forêt fait* voleter ses cheveux. Le visage levé, l'air grave, elle hume l'air, les narines palpitantes.

— Les Châteleus, *fait-elle*. En colère... Au moins trois. Ils viennent de notre parking sur la crête. Et ils se dirigent vers nous.

Tout le monde a l'air de savoir de qui elle parle et prend la nouvelle avec sérieux – peut-être à cause de l'attitude tendue d'Héloïse ? Seuls les plus âgés échangent des regards vraiment préoccupés.

— Mais qu'est-ce qu'ils nous veulent ? s'exclame un beau jeune homme châtain aux yeux jaunes comme Louise et Héloïse.

Son ton est surpris mais il ne semble pas douter que les Châteleus en ont après eux.

Ce que relève l'une des brunettes d'une dizaine d'années, qui demande :

— Pourquoi ils seraient là pour nous ?

— On ne prend pas de risques, décide Anne, on se barre sur la plage publique : ils n'y viendront pas.

— Ils ne sont que trois, remarque Pierre, un ado blond qui a rougi quand Louise l'a embrassé tout à l'heure.

— Trois chiens, explique Anne, comme s'il s'agissait d'une évidence pour elle.

— Oooh ! O.K., répond Pierre, qui fronce alors les sourcils d'inquiétude. C'est pas normal, ça. Et on n'a pas Granmoun et Nénène avec nous. Mieux vaut rejoindre la plage, oui.

Louise, d'abord sous le choc, réfléchit maintenant à toute allure. Doit-elle dire devant les enfants qu'elle croit désormais qu'Antoine n'a pas exagéré ? Pour quoi d'autre qu'un enlèvement les Châteleus viendraient-ils ? Il semble évident que tous les Garloup savent qu'il faut se méfier d'eux, et Héloïse et ceux qui ont au moins seize ou dix-sept ans sont véritablement inquiets. Les petits l'ont visiblement compris, mais ils restent calmes en attendant que leurs aînés décident quoi faire.

— Allez, zou ! crie Anne d'un ton pressant mais qui se veut enjoué et rassurant, on évacue vers la plage. On laisse les affaires ici, on reviendra les chercher. Allez, allez, les grands devant et derrière, les autres au milieu. On y va à petites foulées !

Louise se dit qu'il n'y a pas mieux à faire. Elle racontera plus tard à Héloïse et aux plus âgés de quoi il retourne selon elle. Elle suit le mouvement, se plaçant à l'arrière de la petite troupe qui s'ébranle déjà…

… et qui se heurte à Anne et au cousin châtain aux yeux jaunes, de nouveau figés.

En haut du sentier qui descend vers la crique, un monstre gris de la même race que Fanfan vient de s'avancer. Il leur barre le passage. Campé sur ses pattes, il leur fait face. Il retrousse les babines et gronde, menaçant. Il lève brièvement le museau pour pousser un court hurlement.

— Il appelle les autres, crie Héloïse.

— On est coincés, gémit Pierre.

— Le lac ! clame Anne. On passe par le lac. Les grands remorquent les petits.

Elle se tourne vers Héloïse et ordonne :

— Héloïse, tu retiens le Châteleus. Mais tu prends pas de risques, hein !

Quoi ? Héloïse doit affronter seule l'énorme chien ?

Louise n'a pas le temps de protester contre une telle décision : quelqu'un lui fourre une fillette sur le dos et la pousse à l'eau.

D'abord, c'est la pagaille. Dix-sept cousins – sauf Héloïse – se sont jetés à l'eau quasi en même temps, et se gênent mutuellement pour nager. Mais très vite, la troupe s'organise d'elle-même. Les paires – un grand chargé d'un petit – s'éloignent les unes des autres avant de s'élancer vers le large. Certains font du surplace en attendant que la voie soit dégagée.

C'est le cas de Louise et de la petite qui s'accroche à elle. L'enfant sait visiblement nager mais elle ne la lâche pas.

— Tu es qui ? demande Louise doucement pour la rassurer.

— Marion, répond-elle sans hésiter.

Son ton n'est pas vraiment inquiet ; cette gamine n'est pas en train de paniquer, loin de là.

— Tu sais remorquer ? demande-t-elle.

Oh, voilà pourquoi la fillette ne quitte pas ses épaules. Parce qu'elle obéit à Anne, qui a exigé que les petits soient pris en charge par les grands. Certainement un jeu dont les cousins ont l'habitude.

Louise n'a pas besoin de répondre, car elles s'élancent à leur tour et leurs mouvements se coordonnent immédiatement. Les mains de Marion assurent une prise de chaque côté du cou de Louise, sans l'étrangler et sans gêner les amples mouvements de la brasse coulée qu'elle vient d'adopter. Tout le haut du corps de la gamine se laisse flotter en remorque, tandis que les battements de ses jambes aident à leur propulsion. Louise a déjà pratiqué ce genre d'exercices de sauvetage avec le club de natation, mais jamais avec une « sauvée » aussi compétente pour se faire légère.

En quelques mètres, elles atteignent une bonne vitesse de croisière, et Louise s'autorise à s'interroger sur leur destination et la distance à parcourir.

Elle garde un instant la tête hors de l'eau pour voir. Devant elle, les paires de Garloup s'échelonnent. La plupart n'avancent pas aussi vite que Marion et elle, et Louise reconnaît des premiers signes d'essoufflement. Ses cousins nagent bien, mais n'ont visiblement pas le même entraînement qu'elle. Cela dit, ça devrait aller, car Anne a affirmé que les chiens Châteleus ne se montreraient pas sur la plage. Autrement dit, ils n'attaqueront pas en public, et dès que les cousins seront visibles de la zone aménagée, ils ne craindront plus rien.

Or, pour cela, il suffit de contourner le cap qui cache la crique aux yeux des vacanciers. Et le cap est tout proche. Les premiers nageurs se trouvent à sa hauteur et entament son contournement.

Mais que se passe-t-il ? Ils ralentissent brusquement.

La troisième paire qui dépasse l'avancée de terre se met même à reculer. Heureusement, elle se reprend vite et recommence à progresser.

Le courant !

La crique est protégée de lui, mais pour nager vers la plage il faut le remonter. Sinon, on reste hors de vue de celle-ci ou, pire, on s'enfonce entre les rives de plus en plus boisées et désertes de l'aval du lac.

Avant d'affronter à son tour le courant, Louise jette un coup d'œil vers la crique. Héloïse est toujours sur la berge de galets. Elle défie le monstre gris, toujours campé en haut du sentier.

Louise a le temps de voir apparaître un autre chien au sommet de la petite falaise où elle a espionné les Garloup, hier. Un monstre roux, les oreilles dressées, la gueule fendue d'un rictus inquiétant. Fanfan ?

Puis le courant les saisit, elle et Marion.

Louise s'y est préparée et double immédiatement la poussée de ses bras. Marion accuse le choc – elle ne s'y attendait pas – en se crispant brusquement. C'est surtout ce raidissement qui alourdit la charge de Louise et les ralentit. Car le flux n'est pas aussi fort que la nageuse le craignait.

Du moins pas au niveau de sa bordure, là où elles se trouvent. Par contre, à quelques mètres sur leur droite, le flot est bien plus rapide, comme l'atteste une branchette qui dévale à toute allure. Cependant, à voir les cousins qui les précèdent, le contournement du cap peut sans problème se négocier sans s'approcher beaucoup plus du flux très puissant.

En quelques brasses bien appuyées, l'avancée de terre est dépassée et la plage publique se déploie devant eux. Les Garloup, se sachant désormais à l'abri, barbotent dans une zone calme. Ils attendent les dernières paires avant de rejoindre la baignade aménagée.

Mais au moment où Louise et Marion vont atteindre le groupe :

— Aaaaah ! hurle une petite voix enfantine.

— Cathie ! crie, en écho alarmé, la voix de Pierre.

La benjamine et l'ado se sont trop avancés vers le centre du courant. Ils se sont fait happer. Cathie a lâché Pierre…

Il la rattrape très vite, mais il n'a pas la force et la technique pour sortir du rapide ainsi chargé. Il a beau lutter de son mieux, ils se font entraîner vers l'aval.

Inexorablement.

Louise n'hésite qu'un instant. Elles sont dans la zone calme, et Marion nage très bien. Elle n'aura que quelques mètres à faire seule pour rejoindre les autres.

— Je peux te laisser ? demande-t-elle.

La gamine a déjà compris et l'a lâchée d'elle-même.

— Vas-y ! crie-t-elle.

Louise plonge sous l'eau. En deux brasses puissantes elle rejoint le flux rapide. Propulsée par celui-ci, elle n'a besoin que de trois de plus pour atteindre Pierre et Cathie.

Elle émerge à leur niveau.

— Donne-moi Cathie, exige-t-elle. Tu peux t'en sortir seul ?

La panique qui pointait dans le regard des deux cousins laisse place à la gratitude.

Pierre hoche la tête pour signifier que ça va aller pour lui. Cathie se laisse détacher du cou du garçon et s'installe d'elle-même dans le dos de Louise. Cependant, plutôt que de flotter en remorque comme Marion, elle lui enserre la taille de ses jambes. Cela exige de Louise encore plus d'efforts pour les maintenir à niveau dans le courant.

Pierre, lui, arrête enfin de reculer.

— Suis-moi, ordonne Louise.

Plutôt que de tenter vainement d'affronter le courant, elle se retourne et utilise celui-ci pour qu'il les déporte. Rapidement, elle et son fragile fardeau se retrouvent en dehors du flot le plus puissant.

Mais, désormais, il y a toute la largeur de la crique à traverser avant de franchir le cap de nouveau.

Pierre réussit également la manœuvre. Il recommence à son tour à progresser vers la plage.

— Waou ! Tu sais y faire, Louise ! complimente tout à coup une voix masculine.

C'est le beau cousin aux yeux jaunes qui arrive à la rescousse, accompagné d'Anne.

— Passe-moi Cath…, commence cette dernière.

Elle se ravise brusquement :

— Non, passe-la à Jules ! Faut que j'y aille !

Louise suit son regard affolé…

Dans la crique, quatre monstres Châteleus se penchent désormais au sommet de la falaise. Ramassés sur eux-mêmes, ils s'apprêtent à en sauter, malgré la hauteur.

Le gris est descendu sur la plage de galets et, tout hérissé, avance lentement vers Héloïse.

Celle-ci recule dans l'eau – elle en a maintenant jusqu'à la taille –, mais toujours sans se précipiter. Tout en surveillant les fauves, elle lance des regards vers les nageurs. Elle doit estimer qu'ils ne sont pas encore hors de portée des assaillants. Mais qu'attend-elle pour fuir, bon sang !

En un tour de main, Louise décroche Cathie de son dos et la confie à Jules.

Elle s'élance à la suite d'Anne pour aller chercher sa jumelle.

Fini la brasse ! Sans personne à remorquer et sans courant pour donner de l'élan à des plongées, le crawl est la nage la plus rapide. Louise file sur le lac comme une sirène. Ses bras et ses mains transformées en nageoires palmées sont sensibles au moindre remous. Ils battent l'air et l'eau comme s'il s'agissait d'un même élément. Sans rencontrer de résistance, sans provoquer d'éclaboussures. Son corps ondule d'un côté et de l'autre, tout aussi souple et rapide que celui d'un dauphin.

Très vite, le sprint de Louise l'amène juste derrière la cousine blonde. Déviant à peine sa course, elle entreprend de la dépasser. Elle ne tient pas compte de l'ordre impérieux qu'Anne halète quand elle se rend compte de sa présence :

— Pas toi, Louise ! Retourne !

Mais Louise n'accepte plus qu'Héloïse ait été jetée en pâture aux Châteleus pour permettre aux autres de fuir. Maintenant que les enfants sont à l'abri, pourquoi les grands – excepté Jules, qui s'occupe encore de Cathie – ne viennent-ils pas tous au secours de sa jumelle ? Anne n'y suffira visiblement pas. Elle non plus, d'ailleurs.

Mais au moins, elle va essayer !

Soudain, elle entend Anne hurler :

— Fais-le !

(« Fais-le »? Et non « Fuis-les »?)

Elle jette un coup d'œil vers le fond de la crique pour évaluer où en est la situation.

Héloïse s'est enfin décidée à nager, mais elle est loin de donner toute la gomme. Elle brasse dans sa direction, alors qu'elle devrait filer vers le cap, bien plus à sa gauche. Elle perd encore du temps en tournant alternativement un regard effaré vers Louise et par-dessus son épaule.

Or, derrière elle, les monstres canins se sont aussi jetés à l'eau.

Ils nagent avec maladresse, mais leur puissance physique leur permet d'avancer plus vite que leur proie.

Ils sont en train de se déployer pour l'encercler.

Ils vont réussir d'une seconde à l'autre.

Soudain, Héloïse plonge.

Louise pense deviner pourquoi. Il faut trouver un galet au fond pour pouvoir frapper les chiens !

Elle prend une grande inspiration et plonge à son tour.

L'eau est profonde. Louise a l'impression de mettre un temps fou à atteindre le fond.

Et il n'est pas pierreux ! C'est de la vase et des algues. Rien pour servir d'arme. Seulement des filaments gluants qui s'enroulent autour de ses poignets et gênent ses mouvements !

En plus, ses tâtonnements hâtifs provoquent l'envolée de tourbillons boueux. Elle ne voit plus rien.

Enfin, sa main se referme sur un caillou…

… qui n'est que l'excroissance d'un rocher beaucoup trop lourd pour qu'elle puisse le soulever.

Ses poumons la brûlent. Elle va se résigner à remonter d'un coup de pied vers la surface. Elle est en train de se positionner pour le faire quand ses orteils heurtent quelque chose de dur.

Une brique !

Ou plutôt une demi-brique. Encore mieux, car elle sera plus légère et facile à manipuler.

Même si Louise est étonnée de ce morceau de béton au fond d'un lac, c'est exactement ce qu'il lui faut !

D'un puissant coup de talon, elle jaillit vers la surface.

Sa plongée l'a fait dériver, elle émerge assez loin des monstres. Ils grondent sourdement, les babines découvrant leurs effrayantes dentures. Ils encerclent l'un des leurs.

Pas d'Héloïse !

Louise la cherche fébrilement des yeux, mais elle a disparu. Est-elle encore sous l'eau ? C'est là qu'elle se rend compte que le chien acajou que les monstres menacent n'était pas là auparavant.

Au même moment, Anne atteint le groupe d'assaillants. Sans hésiter, elle s'empare de la queue de l'un d'eux. Elle essaie de le faire reculer.

Vainement. L'animal ne semble même pas s'apercevoir de sa présence.

D'un large mouvement de tête, il plante les poignards de ses dents dans la peau du cou du nouveau chien.

La bête glapit de douleur.

Anne se met à hurler :

— Mordeuse ! Mordeuse ! Mordeuse !

L'effet est stupéfiant.

Les Châteleus lâchent immédiatement leur prisonnier. (Louise prend conscience que, s'il se débattait avec vigueur, il ne cherchait cependant pas à mordre.)

Les grognements cessent alors que les chiens monstrueux se désengagent de leur assaut.

Puis ils fuient vers la berge, qu'ils atteignent en un instant.

Une fois sur la plage de galets, leur terreur s'apaise. Ils prennent le temps de s'ébrouer en fixant d'un regard de défi les deux nageuses et la bête ensanglantée qu'Anne protège d'un bras autour du cou. Le fauve leur rend leur regard. Comme pour se moquer d'eux, il dresse la tête, ouvre tout grand sa gueule et dégaine au maximum ses crocs impressionnants.

Les énormes chiens se remettent à gronder sourdement. Pourtant, ils admettent leur défaite car ils baissent la tête, les oreilles aplaties sur le crâne.

Puis, encore dégoulinants, ils quittent la crique en trottinant nerveusement, la queue basse.

Très vite, ils disparaissent par le sentier qui mène à la forêt.

Alors, le chien brun roux fourre son museau dans le cou d'Anne, qui se met à lui murmurer des paroles apaisantes. À l'évidence, l'animal est en train de se faire réconforter.

Quand il relève un peu la tête, ses yeux dorés rencontrent les yeux tout aussi dorés de Louise. Il dresse ses oreilles, sa gueule s'entrouvre sur un bout de langue tout rose. Cette fois-ci, le sourire canin n'a rien d'inquiétant. Il gémit, interrogateur, semblant solliciter l'approbation de Louise.

C'est impossible ! Et pourtant…

Ce chien ne peut-être que…

— Héloïse ? balbutie Louise, stupéfaite.

Le sourire s'agrandit et la bête acquiesce de la tête, comme un humain.

CHAPITRE
12.

Un loup-garou ! Héloïse est un loup-garou !

Ou plutôt… une louve-garou ?

Louise en oublie de nager pour se maintenir à la surface et manque de boire la tasse. Elle pense enfin à lâcher la brique et se rétablit.

La bête se dégage doucement d'Anne et s'approche d'elle. Elle s'arrête à portée de main, et penche la tête sur le côté. Les oreilles dressées, le regard suppliant, elle a tout d'un chien qui quémande une friandise.

Sans réfléchir, Louise répond à sa demande et lui gratouille le museau.

Héloïse-louve ferme à demi les yeux de plaisir, et se rapproche pour mieux profiter de la caresse.

Et, soudain, avec un grand sourire de chien – de loup ? –, elle donne un grand coup de langue au visage de Louise.

— Pouah ! s'exclame celle-ci sans pouvoir s'empêcher de glousser.

Comme l'autre fait mine de recommencer, elle empoigne à pleines mains l'épaisse fourrure soyeuse du cou pour empêcher un autre débarbouillage baveux.

Héloïse se laisse repousser, le regard malicieux.

— Eh ben, Louise, rigole Anne, on peut dire que tu prends bien les choses, toi ! On ne dirait pas que tu viens juste d'entrer dans la famille.

Puis elle redevient sérieuse, et même grave :

— Je suis vraiment désolée que tout ça te tombe dessus. Dès ton premier jour de Garloup, en plus ! Héloïse va tout t'expliquer, mais il va falloir que tu gardes le secret. S'il te plaît, c'est vraiment important ! Il en va de l'existence de toute la famille. Tu comprends ? Tu promets ?

Non, Louise ne comprend pas et elle est complètement dépassée.

Cependant, elle sent bien que ces loups-garous – ooooh ! réalise-t-elle brusquement, les Châteleus, Fanfan, Pépé, en sont aussi, évidemment – ne sont pas comme dans les vieux contes. Ils n'ont rien de bêtes sauvages sanguinaires ; Héloïse reste visiblement toujours Héloïse, dans le grand corps canin qui lui sourit avec gentillesse.

Anne lui a annoncé des explications, d'accord, elle va attendre celles-ci. De toute manière, elle a besoin d'un peu de temps pour décider ce qu'elle doit faire (même si, déjà, elle sait qu'elle ne pourra pas cacher tout ça à Papi).

Elle hoche la tête sans se compromettre.

Anne doit s'en contenter. Un instant elle semble se demander si elle doit insister ou non. Puis, comme si elle organisait ce genre de choses tous les jours, elle dit :

— Bon, O.K., je vous laisse toutes les deux. Je vais prévenir les autres que tout va bien. Je reviens vite avec Jules pour trimballer les affaires jusqu'à la plage. Les petits sont plus à l'abri là-bas. On ne va pas prendre de risques : les Châteleus sont peut-être encore dans le coin. Héloïse, tu te rhabilles et tu téléphones à la Louvetière pour qu'ils viennent nous escorter jusqu'aux voitures.

***

Une fois sur la plage de galets, Héloïse-louve s'ébroue comme n'importe quel chien – loup ? – après un bain.

Ensuite, brusquement elle devient floue…

… L'instant suivant, elle se dresse toute nue devant Louise.

— Tout va bien ! fait-elle vivement. Tu ne crains rien, avec moi. (Elle hume l'air.) Je ne sais pas trop s'ils sont encore là, mais je suis bien trop dangereuse pour eux : ils ne nous embêteront plus.

Louise s'aperçoit qu'elle ne s'inquiète déjà plus des Châteleus. Sans s'en rendre compte, elle s'est mise à faire entièrement confiance à Héloïse et Anne pour juger de sa sécurité. Il faut dire qu'elles et tous les autres ont réagi à l'attaque avec un calme impressionnant.

À croire qu'ils s'entraînent tous les jours à ce genre d'événement. Et puis, la débandade des loups-garous ennemis prouve bien que le danger est écarté.

N'empêche, sa jumelle est adorable de penser en premier lieu à la rassurer.

C'est à cette pensée que le contrecoup du choc rattrape Louise. Elle, elle n'a pas du tout l'habitude de ce genre d'événement ! Être attaquée, fuir, avoir affaire à des loups-garous, ce n'est pas vraiment son quotidien.

Ses jambes se mettent à trembler, et elle est obligée de s'asseoir.

— Ça va, ça va, halète-t-elle précipitamment. Je n'ai plus peur. C'est juste… C'est juste que j'ai besoin de… retrouver mon souffle.

Elle prend une grande inspiration, qu'elle relâche le plus lentement possible. Après ça, elle se sent déjà mieux. Elle relève la tête pour sourire à son double et lui montrer que son malaise est en train de passer.

Elle redécouvre par la même occasion que son sosie est nu comme un ver. Elle devine que le maillot et le T-shirt qu'Héloïse portait n'ont pas supporté la métamorphose. Ou alors elle s'en est débarrassée quand elle-même plongeait à la recherche de la brique. S'en débarrasser pour pouvoir se changer… en loup-garou ! De nouveau, le vertige reprend Louise.

Alors elle se concentre sur la bizarrerie d'une jeune fille nue dans cette crique et en plein jour. Ça a de quoi surprendre, mais c'est plutôt marrant.

Et ça aide Louise à accepter la réalité de ce qu'elle vient de vivre : jamais elle n'aurait pu rêver un truc pareil !

Dans un gloussement, à peine un peu nerveux, elle plaisante :

— Ah ben, je comprends que tu ne sois pas allée sur la plage publique…

— Oups ! rigole Héloïse, à son tour. Heureusement que j'ai des vêtements de rechange.

L'ado va fouiller dans un sac pour trouver de quoi s'habiller. Puis elle téléphone à ses parents.

— Allô, Papa, c'est Héloïse. Les Châteleus sont dans les parages. On vous racontera plus tard, mais pour l'instant tout le monde est en sécurité. Anne voudrait que vous veniez nous chercher pour nous raccompagner jusqu'aux voitures. On est garés sur la crête plus haut que la crique. Il n'y a pas de « normaux » là-bas pour nous servir de paravent.

Elle écoute un instant ce que lui dit son interlocuteur.

— Nan, nan, ils ne nous ont pas fait de mal. Alors qu'ils auraient vraiment pu. Je pense qu'ils voulaient juste nous ficher la trouille.

— …

— Oui, on prend pas de risques, c'est pour ça qu'on voudrait que vous veniez.

— …

— Oui, quatre ou cinq, ça suffira largement : ils savent que je suis une Mordeuse, maintenant. On sera tous du côté du ponton à pédalos.

— …

— Je te raconterai, mais là, il y a Louise qui m'a vue en louve et qui aimerait une explication.

— …

— Oui, oui, elle va très bien. Elle a été géniale avec les petits ! Allez, je raccroche. À tout de suite.

— …

— Moi aussi, je t'aime, Papa.

Héloïse revient vers Louise et lui tend le portable.

— C'est bon, ils arrivent d'ici une demi-heure. Il dit que toi, tu dois voir avec ta mère ou ton grand-père, si tu peux rentrer avec nous ou si on attend avec toi qu'ils viennent te chercher. En tout cas, on ne te laissera pas toute seule. Il conseille de téléphoner à Tante Jeanne, pour s'organiser avec elle ; de toute façon elle va vouloir leur parler.

En attendant Anne et Jules, les «jumelles »se sont assises à l'ombre du paréo dressé comme un dais. Bizarrement, il n'a pas été abattu par les loups-garous Châteleus alors que les reliefs de la fête sont éparpillés partout (« Laisse, on rangera quand les autres seront là », a dit Héloïse).

— La première chose à comprendre, dit Héloïse, c'est que les enfants et les ados ne savent pas que les « chiens » (Louise entend bien les guillemets) de la famille ne sont pas que des animaux. On le leur dit vers seize ou dix-sept ans. Pas avant, parce qu'ils risqueraient trop de vendre la mèche auprès des «normaux », sans même le faire exprès. C'est pour qu'ils ne me voient pas me transformer que j'ai attendu pour le faire. Désolée d'avoir craqué alors que t'étais là. Je sais que ce n'est pas facile de garder un tel secret...

Héloïse a un petit sourire triste puis elle se reprend et hausse les épaules.

— Allons, ce n'est pas si difficile que ça ! Ça me pèse, à moi, parce que ça fait longtemps, mais pour toi, je parie que tu vas t'y faire très vite. Parce que tu vas voir que ça ne pose aucun souci au quotidien. Pour tout le monde, humain ou loup, on est tout autant de la famille. C'est juste que certains n'imaginent pas encore à quel point.

Louise revoit Antoine lui parler de Pépé, comme de son... pépé. Elle a cru à une confusion enfantine, mais c'est lui qui a raison ! Même si, à l'évidence, chez les Châteleus non plus, les enfants ne savent pas que les « chiens » sont biologiquement des leurs.

Et, du coup, elle comprend aussi pourquoi la grand-mère dragon est prête à tout pour récupérer Pépé – serait-ce... son mari ?

Prête à tout ! Y compris à kidnapper un jeune Garloup pour l'échanger contre lui.

Sauf que les Garloup ne sont pour rien dans la disparition du loup-garou. Louise en mettrait sa main au feu.

Les cousins – les plus vieux et Héloïse, notamment – ont été encore plus surpris qu'elle de l'attaque. Ce ne serait pas le cas, s'ils étaient au courant pour Pépé. Et si les adultes Garloup avaient comploté contre les

Châteleus, jamais ils n'auraient autorisé leurs enfants à aller sans eux à la crique.

Quoi qu'il en soit, elle se doit de faire part de ce qu'elle sait à Héloïse et aux cousins les plus vieux. Elle est d'accord pour que les petits ne se doutent pas du danger qui les menace, mais il faut que les grands puissent les protéger efficacement.

— C'était une tentative d'enlèvement, fait-elle.

Héloïse fronce les sourcils, déconcertée par le changement de sujet, mais immédiatement impatiente d'en savoir plus :

— Comment ça ?

Louise raconte Antoine et ses mésaventures avec les Châteleus.

***

Louise n'a pas eu le temps d'en apprendre plus sur les capacités de métamorphose d'Héloïse qu'Anne et Jules sont arrivés. Ils ont voulu évidemment tout savoir sur Pépé et les Châteleus. Ensuite, ils ont rejoint les petits et les ados, et ce n'était plus possible de parler librement.

Peu après, les parents d'Héloïse (qui paraissent à peine plus âgés que les grands cousins), ceux d'Anne et « Tante Jeanne » (une dame d'une bonne cinquantaine d'années, qui est sans conteste la cheffe de la famille) sont arrivés sur la plage.

Les adultes ont souhaité à Louise la bienvenue dans la famille. Ils l'ont embrassée aussi chaleureusement que les enfants et les jeunes auparavant, mais tout de même avec plus de retenue. Heureusement ! Car Louise était bien plus intimidée par eux que par les cousins.

Papi a téléphoné à ce moment-là. Il venait d'arriver sur le parking avec sa nouvelle voiture à conduite automatique ; il attendait que Louise l'y rejoigne.

Durant un premier coup de fil, il s'était mis d'accord avec Tante Jeanne pour que sa petite-fille et lui rejoignent directement les Garloup à la Louvetière. Tous les deux voulaient discuter ensemble de la situation (résumée très brièvement par Louise comme une « simple » attaque de chiens Châteleus, qui finalement se sont enfuis sans blesser personne).

Plus tard, sur la route, Papi et Louise se sont arrêtés un moment pour qu'elle ait le temps de tout lui raconter.

Il a fait répéter trois fois à Louise la transformation d'Héloïse, et son regard est devenu de plus en plus soucieux. Il a dit qu'il avait beaucoup de mal à croire à des loups-garous ; qu'il existe certainement une autre interprétation à ce qu'a vu sa petite-fille. Comme Louise insistait, il a coupé court en décidant qu'il attendrait d'avoir la version de Tante Jeanne pour se faire une idée plus précise de ce qui s'est passé.

Tout le reste du chemin jusqu'au hameau des Garloup, il se tait, et un rictus d'inquiétude ride douloureusement le côté droit de son visage. Louise imagine très bien ce qui tourne dans sa tête. Serait-elle devenue une menteuse ? A-t-elle été sujette à des hallucinations ? Pourvu que les Garloup aient une autre explication !

CHAPITRE 13.

La Louvetière est un hameau au fond d'un vallon parsemé de champs séparés par des haies. Une forêt de châtaigniers couvre une bonne partie des hauteurs ; une coulée d'arbres en descend, s'amenuisant jusqu'à dévoiler le torrent qu'elle suit. Celui-ci contourne la demi-douzaine de fermes et leurs dépendances, groupées autour d'une place. Le centre de celle-ci est délimité par de vieux tilleuls et de gros pots de géraniums en fleur. Il sert de parking à une bonne quinzaine de véhicules, dont des vans et des minibus (c'est sûr que c'est pratique quand on se déplace à dix-sept cousins !).

La petite route goudronnée s'arrête là, comme l'a indiqué le panneau « impasse » surmontant celui qui annonce « La Louvetière ».

Dès que la voiture de Papi s'engage sur la place, une flopée d'enfants se précipite à sa rencontre. L'homme pile pour n'écraser personne, mais les petits ont l'habitude parce qu'ils s'arrêtent à une distance prudente et laissent libre l'accès au parking. Tandis que Papi manœuvre pour se garer correctement, les jeunes cousins le dévisagent, curieux.

Ils lancent des « Coucou, Louise ! » rieurs. Il y a même aussi des « Coucou, Papi ! » qui fusent.

Le visage de Papi se détend alors qu'il éteint le moteur. Il sourit aux gamins.

— Je commence à comprendre de quoi tu parles quand tu dis que cette famille est vraiment accueillante, remarque-t-il. Regarde, les grands sont là aussi…

Il désigne du menton le pas des portes et les fenêtres où apparaissent les jeunes et les adultes, également tout sourires. Tante Jeanne et Héloïse sont les seules à s'être avancées sur la place, mais ne s'approchent pas, elles non plus.

— … mais ils ne veulent pas nous étouffer tout de suite, termine-t-il en plaisantant.

Puis, il fait une petite grimace mi-figue, mi-raisin.

— Bon, devant tout ce public, va falloir que je ne sois pas trop ridicule en sautant dans mon fauteuil, moi. Tu m'aides ?

Louise rougit, brutalement rappelée à la réalité du handicap de Papi – il a l'air tellement normal quand il conduit cette voiture !

Jusqu'à présent, elle n'a pas aidé son grand-père, ni pour lui apporter la béquille ni pour l'un des fauteuils. Là, elle se sent prête à le faire… mais elle ne sait pas comment. De plus, la tension de Papi, bien que cachée dans le ton joyeux, ne lui a pas échappé et lui fait perdre encore plus ses moyens.

Heureusement, il s'est déjà ressaisi et prend les choses en main :

— Allez, Lou ! Tu sors mon fauteuil du siège arrière, tu le déplies, puis tu le mets devant ma portière. Je m'occupe du reste.

Ça débloque Louise, et elle se dépêche d'exécuter les instructions.

Les enfants, d'abord excités par l'apparition du beau fauteuil fluo de handisport, se taisent d'un coup quand ils voient Papi s'extirper difficilement – et pourtant fort honorablement, Louise le sait désormais – du véhicule. Marion – celle que Louise a remorquée dans l'eau tout à l'heure – est la première à réagir :

— Tu veux qu'on t'aide, demande-t-elle gentiment, en s'avançant et en proposant son épaule comme appui.

Deux garçons sont aussi en train de se précipiter.

— Non, non, fait Papi, avec un petit rire attendri. Je peux le faire, je le fais !… Et, hop, ça y est, commente-t-il, en se laissant tomber dans le fauteuil que Louise lui présente.

Il saisit les poignées des roues, exécute une demi-volte, avance un peu avant de tournoyer une fois sur lui-même, avec brio.

— Hoooo, s'exclame un chœur admiratif de voix enfantines.

Papi, aussi fier de son effet que s'il avait leur âge, roule vers eux.

— Je peux monter sur tes genoux, demande le petit frère d'Anne, ses yeux de glace brillant d'anticipation.

— Non, moi ! s'écrie Cathie, qui se glisse entre deux plus grands et entreprend déjà d'escalader Papi.

— Moi aussi ! Moi aussi !

— Holà ! Holà ! se précipite Tante Jeanne en riant. Où sont vos bonnes manières ? Laissez M. Chevat tranquille !

Les enfants s'écartent à regret, tout en continuant de dévorer des yeux ce qui est pour eux un magnifique jouet à roues.

— Bienvenue à La Louvetière, Louise ! Bienvenue à La Louvetière, monsieur Chevat ! Je suis Jeanne Garloup, dit Tante Jeanne avec un bon sourire. Je propose qu'on aille boire le café à l'intérieur. Loin de cette meute de loupiots hyperactifs !

— Mais comment vous faites ? plaisante Papi. Je n'en ai qu'une et c'est déjà dur à suivre !

Tante Jeanne rit avec lui :

— Question d'organisation. Et on peut confier les plus petits aux grands, ça aide.

Puis Héloïse s'avance et Papi reste bouche bée devant elle.

— Eh bé, finit-il par déclarer, effectivement, la ressemblance est hallucinante.

Héloïse a baissé les yeux et, si elle se laisse détailler, ses joues s'empourprent de gêne. C'est la première fois que

Louise la voit intimidée. Elle remarque que le comportement si naturel de sa jumelle envers elle n'est pas celui qu'elle a avec tous les inconnus.

Papi se rend compte aussi que l'adolescente n'est pas à l'aise sous son regard, car il dit :

— Excuse-moi, Héloïse… C'est bien Héloïse, n'est-ce pas ? Je ne devrais pas te dévisager comme ça. Tu ressembles tellement à Louise que j'en oublie que tu n'es pas ma petite-fille.

Il ajoute doucement :

— Mais ça ne me déplairait pas…

Héloïse rougit de plus belle, mais elle relève les yeux et sourit à Papi.

— Dans la famille, dit-elle, les gens de votre génération, je les appelle « Oncle ».

Au tour de Papi de rosir, il est tout ému d'être adopté comme ça.

— Allons au frais parler de tout cela, intervient Tante Jeanne.

Ramené à la réalité, Papi redevient grave, mais il n'est plus aussi tendu que dans la voiture.

Tante Jeanne les mène dans une grange dont les grandes portes ont été remplacées par une baie vitrée et un battant d'entrée en verre. On dirait la devanture d'un magasin. L'intérieur a été transformé en une immense salle de séjour avec des mezzanines. Les murs chaulés de blanc contrastent avec les poutres et les planchers de châtaignier. Les tons orangés de nombreux canapés et coussins ensoleillent l'ensemble.

— La salle commune, annonce-t-elle, nous sommes une grande famille.

Des livres, des jeux et quelques vêtements abandonnés çà et là sur les meubles et par terre attestent que la pièce est habituellement très fréquentée.

Pourtant, seuls deux gros chiens, noirs mouchetés de blanc et difficilement différenciables, sont présents. Affalés devant le poêle à bois éteint, ils se redressent lentement à leur approche. Leurs mouvements un peu raides indiquent qu'ils sont très vieux.

Louise a beau se dire qu'il ne doit pas s'agir d'animaux mais d'humains, ces chiens sont tellement… chiens, qu'elle commence à douter. Ce qui s'est passé dans la crique lui paraît soudain irréel. La métamorphose d'Héloïse n'était-elle qu'une hallucination ? Papi a-t-il raison de s'inquiéter pour sa santé mentale ?

Il détaille les créatures avec presque autant d'insistance que pour Héloïse. Et ses sourcils se froncent d'anxiété. Lui aussi ne voit là que des gros toutous.

— Je vous présente Granmoun et Nénène, dit Tante Jeanne d'une voix neutre.

À la mention de leur nom, les deux bêtes se lèvent en bâillant. Elles s'approchent de Louise et Papi. Elles ne se pressent pas, et elles remuent doucement le bout de leur queue. Elles sont tellement énormes que leur tête est plus haute que celle de Papi, mais elles ont l'air tellement paisibles... Ni lui ni Louise ne se sentent menacés.

Elles vont l'une après l'autre flairer les mains de l'homme et de la jeune fille. Leur langue léchouille les doigts qui se sont tendus pour faciliter leur inspection.

Visiblement, celle-ci est à leur goût, car leur queue s'agite un peu plus vite et des étincelles de gaieté traversent leur regard.

Louise croise les yeux chocolat de Granmoun – elle ne sait pas trop comment, mais elle sait que c'est lui, et non sa compagne. Elle y découvre comme une supplication. Ou plutôt l'envie de ne pas l'impressionner, l'envie de lui dire qu'elle est la bienvenue ; ici, personne ne lui fera de mal : bien au contraire, elle y sera toujours en sécurité et protégée.

Soudain, Louise ressent au plus profond d'elle-même qu'il n'est pas un simple animal, et qu'elle n'a pas rêvé d'une Héloïse-louve. Il y a bel et bien des garous dans la famille de Paul. Sa famille.

Et ils sont adorables.

***

— Merci de votre accueil, commence Papi une fois qu'Héloïse a terminé de servir du café et des jus de fruits. Limiter le comité d'accueil aux enfants d'abord, puis seulement à vous... ça facilite effectivement les choses.

Tante Jeanne sourit :

— Je vois que vous avez compris notre désir de vous mettre à l'aise. Nous avons bien conscience que notre nombre et nos… spécificités peuvent être intimidants. Or, il est important que les nouveaux membres de la famille comprennent vite qu'ils sont les bienvenus.

— LES nouveaux membres ? Louise n'est pas donc pas la seule dans son cas ?

Le visage de Tante Jeanne prend un air coupable :

— Pas mal de Garloup le deviennent pas alliance, mais je suppose que vous voulez savoir si nous abandonnons souvent les nôtres comme nous l'avons fait pour Louise et sa mère, n'est-ce pas ? Nous sommes – JE suis – profondément désolés de ce malentendu. À notre décharge, une caractéristique génétique des Garloup par le sang – comme l'était Paul – est notre mode de fertilité. Hommes ou femmes, nous sommes stériles la plupart du temps. Pour déclencher notre fertilité, il faut être absolument convaincu que notre compagne ou compagnon est le bon, et avoir un grand désir d'enfant. Normalement, ça prend plusieurs années. Paul est visiblement passé par-dessus tout ça.

Elle se tourne vers Louise.

— Louise, il a aimé ta mère tellement fort, il lui a tellement fait confiance que tu as pu être conçue. Et ça s'est passé tellement vite pour lui qu'il n'a pas dû réaliser qu'il était devenu fécond. Je t'assure que c'est la première fois dans les annales de la famille qu'une Garloup naît dans ces conditions.

» Cependant, nous aurions dû creuser l'affaire. Quand ta mère a téléphoné pour dire qu'elle était enceinte de Paul, nous ne l'avons pas crue. Tu sais, c'est déjà arrivé qu'une fille veuille faire endosser une paternité à l'un des nôtres. D'habitude, on enquête quand même. On n'y croit pas, mais notre instinct protecteur envers les petits l'exige. Seulement, dans ton cas, la mort de Paul était encore très douloureuse... Alors, nous faire miroiter l'espoir d'un enfant de lui, c'était très dur pour nous qui pensions cela impossible. D'autant que ta mère n'a laissé ni son nom ni un numéro de téléphone. On s'est dit que cela prouvait qu'elle ne voulait pas livrer son identité, si nous ne mordions pas à l'hameçon. On croyait que si elle avait été sincère, elle se serait au moins présentée... Je me rends compte maintenant qu'elle devait être encore plus bouleversée que nous par le décès de son âme sœur.

Tante Jeanne s'interrompt un instant, le regard perdu dans ses souvenirs. Puis, elle se redresse et, d'un ton plus enjoué, elle poursuit :

— Les parents de Paul – tes grands-parents – sont actuellement en randonnée au Canada. On ne peut pas les joindre, mais dès qu'ils sauront, ils prendront le premier avion pour venir te rencontrer. Et connaître aussi ta mère, bien sûr.

Sa voix devient grave, presque solennelle :

— En attendant, je te présente toutes mes excuses et celle de la famille. Je ferai de même avec ta mère. Et nous nous efforcerons au mieux de réparer cet horrible malentendu.

Louise est presque gênée que cette femme si pleine d'assurance et habituée à diriger sa tribu d'une main ferme ait les larmes aux yeux. Sa sincérité et sa contrition ne font aucun doute. Cependant, comme Louise n'a jamais eu l'impression qu'elle manquait de famille, elle ne se sent guère concernée. Accepter des excuses pour quelque chose qui ne l'a pas blessée ? Alors que, au contraire, c'est elle qui a l'impression de recevoir en cadeau une famille qu'elle n'a rien fait pour mériter ? Trop bizarre.

Tante Jeanne et Héloïse – les loups aussi, malgré leur air de sommeiller sur le tapis ? – attendent sa réponse.

— Je ne crois pas que j'aie à vous pardonner quelque chose, finit-elle par dire.

Et puis, elle pense à Maman et à ce que ça a dû lui faire d'être rejetée par la famille de celui qu'elle aimait si fort.

Papi doit penser à la même chose, car il dit :

— Je veux bien croire à vos explications. Elles sont tellement… originales qu'il paraît difficile que vous les ayez inventées pour nous. Je sais que Louise ne vous en veut pas. Vous ne pouvez rien pour le décès de Paul, et elle n'est pas en manque d'une famille. En revanche, pour Laurence… Je ne m'avancerai pas. C'est elle qui décidera de la suite des événements, quand elle sera au courant de votre existence. Ce qui devrait être le cas dès ce soir. N'est-ce pas, Louise ?

Il se tait, fronce les sourcils et ajoute :

— Aussi, il me semble indispensable de lui parler de cette histoire de chiens et de Châteleus. Ce que Louise m'a raconté est plutôt… inquiétant.

Tante Jeanne hoche la tête :

— Merci, Louise, de ta compréhension. Je suis très contente que tu aies déjà une famille unie. Pour ton deuxième père, il faudra qu'on discute pour savoir à quel point il aura envie de nous connaître. Puisqu'il t'a adoptée, alors nous sommes prêts à faire de même. Quant à Laurence… En tant qu'âme sœur de Paul, pour nous, elle est déjà des nôtres. Elle devrait tout savoir sur nous depuis des années. Mais, bien sûr, c'est à elle de décider si elle veut bien nous fréquenter.

Elle hésite avant de continuer :

— Cela dit, peut-être que tout lui annoncer d'un coup, cela fera beaucoup… C'est à vous d'en décider, monsieur Chevat. En général, les Garloup qui entrent dans la famille par alliance apprennent nos spécificités petit à petit. C'est plus facile à digérer. Mais pour Louise et vous, les circonstances font que tout vous tombe dessus en même temps… On était en paix avec les Châteleus depuis plus de quarante ans, et voilà que la guerre recommence. Je suis absolument effarée de cette histoire, mais je crains que Louise ne soit désormais plus en sécurité à Brassac.

CHAPITRE 14.

— Avant toute chose, enchaîne Tante Jeanne, j'aimerais vous convaincre que les forces de l'ordre ne sont pas aptes à assurer la sécurité de Louise ni celle du reste de la famille... Je suppose que Louise vous a dit pour Héloïse et pour les... « chiens »?

Papi a une drôle d'expression : stupeur – Louise n'aurait donc rien inventé ? –, soulagement – sa petite fille n'est pas folle ! –, incrédulité.

Cela suffit pour répondre à Tante Jeanne.

— Bien sûr, vous n'arrivez pas à y croire... Cependant, c'est vrai. Sous certaines conditions, les Garloup – et les Châteleus – par le sang sont des métamorphes. Nous pouvons nous transformer en « chiens »– nous disons en « loups », plutôt.

» Désirez-vous que je vous en fasse la démonstration ?

Papi a pâli, il déglutit avec difficulté. Louise le voit inspirer longuement – comme il lui a appris à le faire pour se calmer. Il prend le temps d'expirer lentement, avant de hocher la tête pour accepter.

Tante Jeanne se lève et se dirige vers un paravent dressé dans le coin de la pièce. En même temps, elle explique d'une voix apaisante :

— Je dois me déshabiller pour que la métamorphose ne déchire pas mes vêtements. On a installé ce paravent pour ne pas choquer votre pudeur.

Elle disparaît derrière les panneaux de tissu jaune.

Très vite, elle en ressort drapée seulement d'une couverture.

— Êtes-vous prêt ?

De nouveau, Papi acquiesce muettement.

La couverture tombe au sol…

… dévoilant un énorme loup aussi blond que Tante Jeanne.

La bête s'aplatit au sol, regard baissé. Elle signifie ainsi qu'ils n'ont rien à craindre.

Les yeux écarquillés de Papi n'arrivent pas à se détacher de Jeanne-louve. Louise, elle, ne sursaute même pas. Ce qui lui fait saisir à quel point elle s'est déjà habituée à ces garous. Ce qui l'étonne vraiment, désormais, c'est de comprendre aussi bien ce qu'ils cherchent à communiquer.

Héloïse finit par en avoir assez du long silence subjugué de Papi. De la voix d'une parfaite maîtresse de maison, elle demande :

— Encore un peu de café, Oncle Sylvain ?

Interloqué, celui-ci se tourne vers elle. « Boire le café avec des loups-garous ? » semble-t-il demander. Son expression est tellement comique que Louise éclate de rire.

Héloïse essaie de garder son sérieux, mais elle n'y arrive pas et un gloussement lui échappe.

Papi fixe tour à tour les deux jeunes filles si semblables, puis les trois chiens. Les queues de ceux-ci se mettent à battre : ils manifestent leur approbation.

Peu à peu, le vieil homme se détend, et Louise sait qu'il est en train d'accepter la situation.

Enfin, avec un haussement d'épaules et un sourire d'autodérision, il répond :

— Oui, j'ai bien besoin d'un autre café pour me prouver que je suis réveillé.

***

— Si j'ai bien compris, vous êtes prêts à tout pour que Louise et les vôtres soient en sécurité, mais pas à prévenir les gendarmes ? Pourquoi est-il si important de garder le secret ? Après tout, vous n'avez rien à voir avec les légendes. Vous ne devenez pas fous furieux quand vous êtes des loups. Nous ne sommes plus au Moyen Âge, personne ne vous tuerait si on savait que vous existez !

— Humph, je n'en suis pas si sûre… Mais c'est surtout à cause de nos autres caractéristiques que cela pose un gros problème. Je crois que là aussi une démonstration parlera mieux que plein d'explications.

Tante Jeanne, rhabillée, est revenue s'asseoir et discuter avec Papi et Louise. Elle sort un canif de la poche arrière de son jean.

Elle en déplie la lame. Elle avance les bras au-dessus du plateau qui a servi à apporter les boissons. Et, volontairement, elle s'entaille profondément le gras de la paume sur le côté de sa main gauche.

Louise sursaute.

Le sang déborde vite de la plaie et se met à goutter dans une tasse.

La nausée commence à monter dans la gorge de Louise.

— Regardez bien, dit Tante Jeanne de sa voix apaisante, ça ne va pas prendre longtemps.

Sous les yeux effarés de Louise, les gouttes sont plus lentes à se former et à tomber.

En un éclair, elle revoit les crocs qui poignardent le cou d'Héloïse-louve, le sang qui se mêle à l'eau en un nuage sombre ; elle entend de nouveau le glapissement de pure douleur. La pauvre ! Et pourtant, Louise a oublié l'incident. Elle ne se l'est même pas rappelé plus tard pour demander à sa cousine comment elle allait.

… Parce que ça va très bien ! Et, ça allait aussi très bien quand la louve-garou est venue se faire caresser à peine deux minutes après avoir été mordue.

Et maintenant, l'entaille sous ses yeux est sans conteste en train de se refermer. Elle ne saigne déjà plus.

Tante Jeanne, toujours très calme, commente :

— Si j'étais sous forme loup, la guérison serait encore plus rapide.

Puis elle s'essuie la main avec un mouchoir en papier. Il ne reste désormais qu'une fine cicatrice en train de disparaître. Elle explique :

— Cette caractéristique génétique est commune à tous les Garloup par le sang. Quand ils ne sont pas encore capables de se transformer, ils sont juste plus résistants aux maladies que la moyenne des « normaux », et les blessures guérissent plus vite. Mais quand ils deviennent aptes à changer de forme, alors... même les membres repoussent en quelques jours.

Elle laisse à Louise et Papi le temps de digérer ce qu'elle vient de dire. Tous deux pensent à la même chose, car leurs yeux s'abaissent de concert vers les jambes qui remplissent si peu le jean de Papi. S'il était un Garloup, il n'aurait pas besoin d'un fauteuil roulant. Est-ce que...

— Pas encore, et peut-être jamais, répond doucement Tante Jeanne à la question muette. Nous ne savons pas encore si nous pourrons un jour tirer de nos gènes un médicament qui permettrait aux gens comme vous de régénérer leur corps. Nous faisons des recherches là-dessus depuis très longtemps, mais, malgré les progrès de la science – je suis moi-même médecin et nous avons plusieurs biologistes et généticiens dans la famille –, nous ne croyons pas que cela soit possible avant bien des années.

Papi hoche la tête avec une petite grimace :

— Tant pis, fait-il. C'était trop beau pour être vrai, mais merci de ne pas me faire miroiter de faux espoirs.

Il se redresse et, avec un sourire courageux, il ajoute :

— Et puis, j'ai encore une bonne marge d'amélioration, et ce fauteuil est très confortable.

Tante Jeanne lui sourit avec une compassion ou se mêle une certaine admiration. Elle hoche la tête avec respect avant de reprendre le fil de son propos :

— Attention, il y a aussi des revers à la médaille à être garou ! Nous avons besoin de nous dépenser physiquement énormément et nous ne supportons pas d'être – ou de nous sentir – prisonniers. On devient fous en quelques jours. C'est de là que viennent les légendes du monstre sanguinaire.

Louise est tout à fait à même de ressentir cela. Elle non plus ne supporte pas de ne pas se sentir libre. Très jeune, elle a eu une nounou qui avait toujours peur qu'elle se fasse mal. Elle l'empêchait d'escalader les jeux du parc public et de courir partout ; elle diminuait les temps de promenade et l'obligeait à rester des heures sur le canapé à regarder la télé. La fillette a piqué des crises de nerfs terribles, elle pleurait à longueur de journée. Papa et Maman ont fini par comprendre et ont congédié la nounou. Et Papi a commencé à l'emmener courir et à lui apprendre à respirer pour se calmer ou réfléchir.

C'est en se remémorant cela que la vérité la frappe. Tante Jeanne n'est pas en train de ne parler que d'elle, d'Héloïse et des autres Garloup. Elle parle aussi de Louise !

Qu'elle adopte ou non cette famille, biologiquement, elle est déjà une Garloup !

Elle parierait d'ailleurs que son goût pour la viande est lui aussi une caractéristique familiale. Et c'est vrai qu'elle ne se souvient pas d'avoir été malade, juste quelques maux de tête ou le nez qui coule durant moins d'une journée.

Certes, la guérison magique n'est pas pour elle... mais est-ce définitif ? À part Héloïse, aucun des enfants et des jeunes Garloup ne peut se métamorphoser – tout comme elle – ; pourtant, les adultes ont l'air très nombreux à le faire – chez les Châteleus aussi, d'ailleurs. Est-ce qu'un jour elle aussi sera une louve-garou ?

L'idée est stupéfiante, et Louise a soudain très envie de se retrouver au bord de la rivière près du moulin. Le calme de la forêt et le bruit de l'eau l'aideraient peut-être à déterminer si ça lui plairait ou non, et surtout si elle a vraiment envie de le savoir. En tout cas, elle ne s'estime pas prête à poser tout de suite la question.

Elle doit faire un gros effort pour reporter son attention sur Tante Jeanne, qui a repris la parole :

— Imaginez que, pour prouver aux gendarmes que le Châteleus disparu est bien une personne, nous révélions notre nature. Combien de temps faudrait-il pour que les institutions gouvernementales s'intéressent à nous ? Combien de temps pour qu'elles découvrent nos pouvoirs de guérison ? L'enjeu sur le plan médical, mais aussi militaire est énorme. Plus de malades, une espérance de vie multipliée par cinq... Mais également une menace de surpopulation rapide que peu de gouvernements accepteraient de gérer. Ainsi, si des médicaments étaient mis au point, il est à craindre que seuls quelques privilégiés en bénéficieraient. Et les autres ? En matière militaire, des soldats dont les blessures guériraient immédiatement seraient un sacré avantage pour une armée. Surtout si ceux d'en face n'avaient pas le même...

» En d'autres termes, si des institutions apprennent notre existence, elles nous emprisonneront tous au nom de « l'intérêt supérieur ». Nous serons tous des sujets de recherche, surveillés de près nuit et jour pour nous « protéger » des expériences et intentions malveillantes d'autres pays ou organismes.

Louise a souvent écouté ses parents commenter les actualités, elle sait depuis longtemps que le monde est loin de tourner toujours rond. Cependant, là, comme ça, il semble impensable que le gouvernement et l'armée puissent s'intéresser à elle. Comment imaginer qu'ils puissent traiter des familles toutes simples comme les Garloup ou les Châteleus – Héloïse, Tante Jeanne... Antoine ? – comme des animaux de laboratoire ? Ça paraît tellement irréel...

Irréel ? Incroyable ? Plus incroyable que l'existence de vrais loups-garous ? De gens qui guérissent en quelques minutes ? De gens qui ne peuvent pas avoir un AVC, comme Papi, de crise cardiaque, comme Mamie Vivienne ? Non, ça, c'est bien plus incroyable !

Et comme elle ne peut nier ce qu'elle a vu, elle est obligée d'admettre que le danger est réel. Si leur secret venait à être connu…

Papi est arrivé à la même conclusion, car il grimace avec amertume.

— C'est sûr que vu comme ça…

— Oui, avant, on se cachait pour ne pas être lynchés par les gens effrayés de nos capacités. Désormais, on évite surtout l'attention de ceux qui ont le pouvoir de nous enfermer. On en deviendrait fous, mais cela ne les empêcherait pas de faire leurs expériences sur nous.

» Or, étant donné les avancées scientifiques, nous sommes de plus en plus en danger d'être découverts. Il ne faudrait pas grand-chose : un accident de la route et des secours qui seraient témoins d'une guérison spectaculaire, notre ADN étrange sur les lieux d'un crime… Il suffirait qu'un médecin ou un policier décident de percer ces mystères, et déclenchent une enquête approfondie.

» Nous savons qu'un jour ou l'autre, nous ne pourrons plus nous dissimuler. Alors, depuis vingt ans, nous avons intensifié nos propres recherches sur nous-mêmes. Nous voulons être les premiers à découvrir comment guérir le reste de l'humanité. Nous rendrons nos résultats publics sur toute la planète. Aucun gouvernement ou organisation ne pourra s'en emparer à son seul profit, tout le monde pourra en profiter… et il n'y aura plus de raison de nous mettre au secret.

— Je comprends, dit Papi en hochant gravement la tête, vous protégez les vôtres, et vos arguments sont très convaincants… Mais cela signifie aussi que vous vous faites justice vous-mêmes, n'est-ce pas ? Avec… violence si besoin. Ça risque d'être le cas dans cette affaire de kidnapping qui vous oppose aux Châteleus, non ?

Tante Jeanne grimace, mais garde les yeux plantés dans ceux de Papi quand elle répond :

— Quand nous ne pouvons pas faire autrement, oui, nous faisons le nécessaire…

Papi fronce les sourcils tout en continuant de fixer la cheffe de la famille Garloup.

Ni l'un ni l'autre ne se décident à baisser le regard, et Louise se prend à retenir sa respiration. Elle comprend aussi bien le point de vue de Papi que celui des Garloup. Hélas, elle ne voit pas comment Papi pourrait accepter qu'elle fréquente des gens qui n'hésitent pas à user de violence envers ceux qui s'en prennent à eux.

Et puis, Papi se détend et propose :

— Et si j'allais voir les Châteleus et vous servais de médiateur ? J'ai bien connu la vieille Isa, quand j'étais gamin : j'étais très copain avec son petit-fils.

CHAPITRE 15.

Quand Papi, Louise et Héloïse arrivent à Brassac, un utilitaire est déjà garé devant la maison. Isabelle Châteleus, la grand-mère dragon, se tient debout auprès du véhicule, Fanfan assis à ses côtés.

Papi leur a téléphoné pour leur donner rendez-vous ici, expliquant qu'il s'agit de parler d'urgence de Pépé et de sa petite-fille.

Les Châteleus – femme comme loup – restent impassibles quand Papi s'aide de la béquille pour s'extirper de la voiture. En revanche, ils ne peuvent s'empêcher d'écarquiller les yeux – et de dresser les oreilles – d'étonnement quand Louise et Héloïse sortent à leur tour.

— Bonjour, Isa, dit Papi d'un ton enjoué, essayant de détendre l'atmosphère. Vous me reconnaissez? Je suis Sylvain, le copain de Fanfan… heu, François, je veux dire. Ça fait un bail, mais vous, vous n'avez pas changé, incroyable ! Il devient quoi, François ?

Le loup a tressailli à son nom. Il s'approche prudemment, la truffe en avant, pour renifler Papi. Fanfan, François ? Fanfan est un diminutif de François !

Subitement, sa queue se met à battre. Il vient de reconnaître son ami d'enfance, et ça lui fait plaisir.

— Humph ! gronde sèchement la cheffe des Châteleus à l'intention du loup.

Celui-ci stoppe immédiatement sa démonstration d'amitié.

La grand-mère dragon se tourne vers Papi et remarque d'une voix plus posée :

— Tu as bien grandi, Sylvain. Mais pas de doute, c'est bien toi.

Louise manque d'éclater d'un rire nerveux à l'idée que son grand-père ait « bien grandi ». Elle ne peut s'empêcher de sourire.

La vieille femme capte son expression, et doit en comprendre la raison, car un éclair d'amusement traverse son regard. Tout de suite, son visage redevient neutre, mais sa posture se relâche un peu.

— Tu m'as parlé d'une seule petite-fille, et j'en vois deux…

Louise s'avance :

— Bonjour, madame Châteleus, bonjour…

Doit-elle dire François ? Ce serait plus poli, mais ça ne semble pas une bonne idée de montrer tout de suite qu'elle le sait. Elle opte donc pour :

— … Fanfan. C'est moi, la petite-fille de Papi. Je suis Louise, celle qui a ramené Antoine l'autre jour. Je ne savais pas qui il était…

— Et nous ne connaissions pas Héloïse, poursuit Papi en saluant l'intéressée de la tête pour la désigner… ni sa famille.

Héloïse va se placer à côté de Louise et, solennelle, elle déclare :

— Je suis Héloïse, héritière des Garloup. Je confirme que nous n'avons appris qu'hier l'existence de Louise. Et seulement aujourd'hui que l'un des vôtres a disparu. C'est votre descendant, Antoine, qui l'a dit à Louise, et elle nous l'a répété tout à l'heure après votre attaque au lac. Tante Jeanne m'envoie en délégation pour dissiper les malentendus. Elle se tient prête à discuter en personne avec vous. Nous aimerions vous aider à retrouver Pépé.

La Châteleus fixe longuement Héloïse puis Papi dans les yeux. Elle veut jauger leur sincérité. Puis elle s'adresse à la jeune Garloup :

— Jeanne t'a permis de venir ici sous ta seule protection et celle de Sylvain Chevat, c'est bien ça ? Alors qu'elle sait que nous avons tenté de t'enlever ?

— Oui, madame. Je suis très jeune, et c'est évidemment très dur pour elle de nous laisser, Louise et moi, sans garde rapprochée. Cependant, nous sommes persuadés que vous ne tenterez rien dans un village en plein jour… et que vous savez que nous sommes plus nombreux que vous…

Héloïse a dû vouloir rappeler que sa famille est très puissante, mais sa voix flanche et montre plus de peur que de menace. Louise lui prend la main pour la rassurer. Sa jumelle poursuit :

— J'ai insisté pour être garante de la bonne foi de ma famille en vous montrant que Louise n'est pas moi ; Tante Jeanne a fini par donner son accord.

Héloïse lève un menton un peu tremblant mais qui ose défier le dragon et le loup :

— Aurait-elle eu tort ?

Isabelle Châteleus laisse échapper un petit sourire d'approbation devant le courage de l'ado, puis hoche la tête :

— C'est entendu, la trêve est acceptée pour l'instant. Racontez-moi tout ça.

Papi sourit :

— Je vais faire le café. Entrez.

***

— Je veux bien croire que ta petiote n'est pas venue sur nos terres pour nous espionner, et qu'elle n'a rien à voir avec l'enlèvement de Pépé, ni toi, Sylvain. Mais comment les Garloup expliquent-ils que deux des kidnappeurs soient allés plusieurs fois à la Louvetière ?

— Les seuls inconnus qui sont venus chez nous ces derniers temps – deux fois, seulement – sont un couple d'une quarantaine d'années. Ils cherchent un chien de la même race que… nous. La première fois, ils voulaient savoir si on avait des chiots ; la seconde fois, ils ont carrément proposé d'acheter la jeune chienne acajou qu'ils avaient aperçue dans les bois. C'est-à-dire : moi ! Ils augmentaient mon prix au fur et à mesure que Tante Jeanne refusait. Ils en étaient à 1 500 euros quand Granmoun et Nénène ont perdu patience. Ils ont bien failli les mordre au sang. Ils ne reviendront pas de sitôt à la Louvetière !

— … Ou alors ils y sont retournés sans se montrer, murmure Isa Châteleus, songeuse. Bizarre que des gens soient décidés à ce point à obtenir un chien. Mais l'explication pourrait coller…

Elle s'interrompt brusquement et fronce les sourcils :

— Visiblement ta réponse était toute prête : Jeanne a dû te la préparer. Comment ça se fait que vous saviez que j'allais poser la question ?

Aïe, pour Antoine, se dit Louise, mais là, elle n'a plus le choix :

— C'est Antoine qui a écouté votre Conseil de Famille, l'autre soir, explique-t-elle. Il m'a dit pour les odeurs que vous avez repérées… Il voulait juste me prévenir que vous risquiez de vous attaquer à moi. Que vous pensiez que je lui avais menti… S'il vous plaît, ne le grondez pas ! Vous comprenez : pour lui, je l'ai sauvé et il pense que c'est lui qui m'a mise en danger. Comme il était persuadé que j'étais seulement une Chevat, il estimait qu'il ne vous trahissait pas. Il voulait me protéger… Tout comme vous, vous protégez ceux que vous aimez… Et puis, c'est grâce à lui que les Garloup comprennent pourquoi vous avez attaqué cet après-midi et ne vous en veulent pas.

— Ah, Antoine, Antoine, Antoine…, ronchonne la grand-mère dragon.

Cependant, une lueur d'affection et de fierté pour son petit-fils brille un instant dans ses yeux. Louise soupire de soulagement. Non seulement la Châteleus la croit, mais Antoine ne devrait pas trop se faire remonter les bretelles.

Puis la vieille femme reprend son air dur :

— Un couple, donc. Des touristes, vous pensez ? Quelle idée de croire qu'on peut acheter un chien à son maître !

Acheter un chien ? Louise pense soudain au couple qui se renseignait au stand d'élevage, au bord du lac. La quarantaine, parlant des animaux comme de voitures de luxe, se réjouissant d'exciter la convoitise de leurs amis…

Et si c'était eux, les kidnappeurs ?

Elle raconte ce qu'elle a vu et entendu au lac. Sa description physique correspond bien aux inconnus insistants de la Louvetière.

— Humph, intervient Papi, ça ne doit pas être simple d'enlever un… Je veux dire quelqu'un comme Pépé.

— C'est sûr ! Jamais Pépé n'irait de son plein gré. On pensait à un chantage à propos de la famille, mais ce n'est pas crédible s'ils le prennent pour un chien… Ils ont dû utiliser des anesthésiants. N'importe quel médecin ou vétérinaire peut s'en procurer.

Ça n'étonnerait pas Louise que le fameux couple possède ce genre de moyens pour enlever un chien.

***

Louise et Héloïse sont assises les pieds dans la rivière, non loin du moulin.

Elles ont laissé les adultes organiser la recherche des touristes. Ils vont aller renifler aux alentours des hôtels et des gîtes, et interroger les gens, maintenant qu'ils connaissent le physique des kidnappeurs. Isa Châteleus n'a pas hésité longtemps à accepter l'aide des Garloup : une vingtaine d'enquêteurs en renfort des cinq Châteleus rend la battue susceptible d'être efficace rapidement.

Certes, les Châteleus ont déjà beaucoup sillonné la région ces derniers jours, mais avec tous les hébergements touristiques qui existent, seuls, ils en auraient eu pour des semaines à tous les passer en revue.

De plus, même si le couple a des chances d'être encore dans les parages, puisqu'il a été vu et senti après l'enlèvement, il peut renoncer à dénicher un autre « chien » et disparaître définitivement d'un jour à l'autre.

Surtout, la folie due à l'enfermement guette Pépé... s'il n'est pas déjà trop tard (Papi a remonté un peu le moral des Châteleus en estimant qu'il devait être gardé sous calmants, pour l'empêcher de hurler et de se faire remarquer par des voisins).

Ça a été très tendu entre les deux cheffes de famille quand Tante Jeanne est arrivée. Cependant, là aussi Papi a su trouver les mots pour les mettre à l'aise et pour qu'elles réussissent à se parler. Ensuite, chacune d'elles a fait venir un adulte pour l'organisation des recherches. La cuisine est transformée en Q.G. La table est pleine de cartes de la région, deux ordinateurs portables permettent de faire des listes d'hôtels et de gîtes ; les téléphones sont dégainés et envoient les parcours à suivre par chaque équipe.

Quant à Louise et Héloïse, elles ont été priées d'aller se balader. Elles ont été super, mais maintenant l'affaire est entre les mains des adultes, et elles n'ont plus à s'inquiéter. Ça n'a pas été vraiment de leur goût…

Quoique, finalement, ça fait du bien d'être au calme et de laisser les grands s'occuper de tout ça.

CHAPITRE 16.

— Pourquoi les Garloup et les Châteleus sont ennemis ? demande Louise.

— Frères ennemis, en fait, répond Héloïse : on est apparentés depuis des siècles. Quand une famille s'agrandit beaucoup, une partie va s'installer ailleurs, et au bout d'un moment les liens se distendent et ça fait deux familles. Dans notre cas, on peut dire que ce sont les Garloup qui descendent des Châteleus. Mais notre branche a bien prospéré, tandis que celle des Châteleus a décliné. Ils étaient nobles et, à la Révolution, ils ont perdu presque tous leurs biens. Beaucoup ont dû partir travailler dans les villes et, au fil des générations, ils ont oublié d'où ils venaient.

» Pour le reste, ce qu'il y a entre nous, ce sont des histoires paysannes classiques : des disputes entre deux personnes qui finissent par s'étendre à leurs familles respectives, des terres revendiquées par les uns et les autres. D'autant que quelquefois on a eu des rapprochements par mariage. T'as lu *Roméo et Juliette*? Eh bien, les amoureux qui viennent de deux clans ennemis, c'est courant à la campagne. Sauf que, dans notre cas, ça s'est bien fini pour eux... mais ça pose des problèmes d'héritage quand ils n'ont pas de descendants directs. Les deux familles veulent récupérer les terres... Bref, des fois ça va entre nous, des fois c'est la guerre. Là, on est... hum, on *était* en froid pour l'histoire de Fanfan.

— Fanfan? C'est l'ancien copain de Papi, n'est-ce pas? C'est normal qu'il reste loup? Je veux dire : Granmoun et Nénène sont très vieux, alors peut-être qu'ils ne peuvent plus redevenir humains. Mais Fanfan...

— C'est pas « ne peuvent plus », c'est « ne veulent plus ». La forme loup est très cool. On se sent plus... vivant. On entend mieux, on flaire mieux, on bouge mieux, on voit la nuit, on est très fort, on est guéri plus vite si on est blessé. S'il n'y avait pas la parole et les mains pour discuter et faire plein de choses sous forme humaine, on resterait loup tout le temps.

» C'est souvent ce qui finit par se passer pour les très vieux. Ils n'éprouvent plus l'envie de parler. Juste celle de se promener, de chasser un peu, et d'être auprès des leurs. Ils s'occupent des enfants, on peut tout leur raconter et ils écoutent sans jamais juger. On les adore!

Louise se rappelle l'échange de regards avec Granmoun et hoche la tête : elle comprend. Puis elle pense à l'harmonie qui s'installe entre son corps et son esprit quand elle court. Mmmm, ça ferait quoi d'être tout le temps ainsi ?...

Avec un petit rire, elle remarque :

— J'aurais jamais cru avoir un jour envie d'être un loup-garou !

Sa jumelle rit à son tour.

— Alors, Fanfan, c'est pareil ? croit deviner Louise. Il est trop bien en loup, c'est pourquoi il reste comme ça ?

Héloïse fait une moue dubitative :

— Il y a de ça, oui. Sauf qu'il n'avait que vingt ans quand il a décidé de se retirer des affaires humaines. Et c'est pas normal à cet âge. Pas du tout !

» L'histoire, c'est qu'il effectuait son service militaire – c'était obligatoire à l'époque – avec Jean Garloup, un de nos oncles. Ils étaient potes. Un soir, avec d'autres, ils ont fait le mur de la caserne pour aller boire un pot en ville. Mais il y avait eu une modification d'emploi du temps : François aurait dû monter la garde cette nuit-là. Jean avait vu ce changement, seulement il a oublié de prévenir François. Or, être absent à une garde était puni par l'armée d'une semaine en prison. Et Jean, tout comme François, était déjà capable de se transformer ; il savait donc très bien ce qui attend un garou enfermé aussi longtemps...

» Bien sûr, l'absence de François a été remarquée. Du coup celles des autres et de Jean aussi, mais eux n'ont eu que deux jours de trou, puisqu'ils n'étaient pas de service.

» François a tenu quatre jours avant de tout défoncer et de s'enfuir. Il est rentré chez lui à pattes, complètement traumatisé. En plus, il a été déclaré déserteur par l'armée, et ça, c'est beaucoup de prison si elle t'attrape. Donc sa famille l'a encouragé à ne pas redevenir humain le temps que l'affaire se tasse. Ça lui permettait de rester entouré des siens à Brassac, sans se faire prendre.

» Évidemment les Châteleus étaient furieux contre Jean. Ils ont estimé que les Garloup ne l'avaient pas assez puni – il a été de corvée de bois à chacune de ses permissions jusqu'à la fin de son service. Quand il a terminé celui-ci, les Châteleus l'ont chopé et ont voulu lui faire subir la même chose qu'à François : l'enfermer quatre jours. Les Garloup ont réussi à le faire relâcher au bout de trois sans qu'on en vienne aux crocs. Mais il a dû quitter définitivement la région – il vit au Canada, maintenant.

» Depuis on est en froid. On trouve que Jean a été traité trop durement. Et en même temps, on comprend que les Châteleus nous en veuillent encore. Eux, ils ont Fanfan sous les yeux chaque jour pour leur rappeler qu'il ne s'est pas vraiment remis de l'horreur qu'il a vécue. Il n'a pas envie de parler, d'aider aux travaux de la ferme, d'avoir des responsabilités humaines…

Héloïse soupire, compatissante. Puis elle retrouve son sourire :

— Oncle Sylvain est génial ! s'exclame-t-elle. C'était une super bonne idée de proposer qu'on s'explique clairement sur Pépé ! Tante Jeanne n'aurait jamais tenté de le faire sans lui. Elle pensait qu'Isa Châteleus nous en voulait toujours beaucoup, qu'elle n'accepterait jamais de l'écouter, et encore moins qu'on les aide. Elle n'a pas l'air commode, c'est sûr, mais c'est une bonne cheffe de famille !

Cela vient confirmer ce que Louise sentait déjà à propos de cette grand-mère dragon ; elle frissonne à l'idée de ce que Fanfan a enduré.

***

Les Garloup et les Châteleus ont quitté la maison au crépuscule, bien avant que Maman rentre de sa soirée avec ses copains.

Papi, complètement épuisé, est parti se coucher dès leur départ. Louise est montée dans sa chambre peu après. Elle croyait être trop énervée pour s'endormir, pourtant elle s'est écroulée comme une masse à peine avait-elle posé la tête sur l'oreiller.

Un cauchemar vient brutalement bouleverser son sommeil paisible.

Elle se noie !

Un collier et une laisse l'empêchent de remonter à la surface malgré tous ses efforts pour s'en débarrasser.

Le couple kidnappeur la regarde se débattre en ricanant, sans faire le moindre geste pour la délivrer.

Soudain, elle réalise que la femme n'a pas le visage de la touriste. C'est celui de l'éleveuse.

Louise se réveille en sursaut.

L'éleveuse de chiens ! Elle n'est pas aussi apprêtée que la touriste, mais elle aussi est blonde, elle aussi a la quarantaine. Elle aussi considère les chiens comme des objets puisqu'elle est prête à les vendre à des gens comme le couple. Et elle les vend à 15 000 euros ! De quoi serait-elle capable pour élever des chiens à ce prix ? Voler un mâle, essayer de se procurer une *femelle*, promettre des chiots pour bientôt...

Oh ! là, là ! Ce ne sont pas les touristes, les kidnappeurs : c'est l'éleveuse !

Mais, comme cela arrive souvent quand on n'est qu'à moitié réveillé, trouver la solution d'un problème apaise. D'autant que Louise, comme à son habitude, prend de longues inspirations et expire lentement pour mieux passer en revue son raisonnement.

Sans s'en rendre compte, elle se rendort.

CHAPITRE 17.

Au matin, le répondeur indique que Pépé n'a toujours pas été retrouvé. Il y a eu trois fausses alertes pour des couples de vacanciers. Leurs descriptions physiques correspondaient mais pas leurs odeurs.

La piste des vendeurs de chiens est le dernier espoir.

Impossible de joindre Tante Jeanne au téléphone : le portable et le fixe sont constamment occupés. Quant à ceux d'Isa Châteleus, le fixe ne répond pas – personne pour décrocher ? – et le portable, dont le répondeur déborde, ne prend plus de messages – il doit être déchargé.

Papi et Louise ont donc envoyé des SMS pour signaler qu'ils se rendent à l'élevage. Ils s'y présenteront comme de potentiels acheteurs, histoire de prendre la température. Ils passeront le relais aux garous si la piste s'avère devoir être creusée plus « dangereusement ». Pour Maman, qui ne se lèvera certainement pas avant midi, ils ont laissé un petit mot disant juste qu'ils partaient en balade.

Il est 8 h 30 et, comme Papi le supposait, l'élevage ouvre au public à cet horaire.

La propriété semble très vaste et entièrement clôturée par un haut grillage. On y entre par un portail flambant neuf qui ouvre sur une longue allée menant à une ancienne ferme flanquée d'enclos et de hangars.

Papi gare la voiture devant l'habitation sur un parking « visiteurs », par ailleurs vide. Tandis que, aidé par Louise, il s'installe dans son fauteuil, un concert d'aboiements et de grondements provient des diverses installations qui abritent les bêtes. À quelques bâtiments, un homme costaud traverse une allée menant d'un entrepôt à un chenil. Dedans, une chienne doberman et ses chiots déjà grands se pressent contre la porte grillagée. L'homme porte des gamelles empilées et un gros sac de croquettes.

Voilà pourquoi les chiens sont si excités : c'est l'heure du repas.

La femme qui tenait le stand au lac sort alors d'une ancienne étable, munie d'un seau empli de boîtes de médicaments et d'une sacoche blanche signée d'une croix rouge. En voyant les visiteurs, elle pose sur un banc son matériel vétérinaire et s'avance vers eux.

Son sourire d'accueil est plus cauteleux que chaleureux.

— Bienvenue au centre d'élevage et de dressage *Canus Belli*, susurre-t-elle. Vous venez voir nos compagnons à quatre pattes ? Nous avons des races très appropriées à… des gens dans votre état (son regard de fausse commisération est vraiment hérissant). Ou peut-être désirez-vous que nous vous aidions à éduquer le vôtre ?

Papi, d'un ton tout aussi onctueux que celui de la femme, répond :

— Bonjour ! Je cherche un chien qui pourrait assurer ma protection. J'aime me promener, et, comme vous l'avez compris, dans mon… état, je n'inspire guère le respect. D'ailleurs, il doit être bien obéissant, et pas trop agité, pour qu'il ne profite pas de ma… situation. Vous dites avoir la perle rare ? Je n'y connais rien en races de chien, alors j'apprécierai tous vos conseils…

Louise manque d'éclater de rire. La façon dont la femme a relevé l'infirmité de Papi et l'hypocrisie de son ton sont à vomir. Pourtant, Papi est entré dans le jeu sans même frémir. Louise est prête à jurer que l'éleveuse est incapable de détecter l'ironie sous-jacente de sa comédie. Croit-elle vraiment qu'un homme pareil ait besoin d'un chien de garde pour inspirer du respect ? Ha, ha, ha !

Tout en se dirigeant vers les enclos, Papi et l'éleveuse se lancent dans une conversation sur les avantages et les inconvénients des races canines.

Papi roule très lentement, comme s'il ne pouvait pas aller plus vite. Louise traîne derrière, la mine boudeuse, faisant semblant de s'ennuyer profondément.

Elle compte jusqu'à cinquante, puis coupe brutalement la parole à son grand-père :

— Papi ! Je veux aller voir les chiots tout de suite !

Comme s'il était habitué à des caprices de ce genre, Papi répond d'une voix conciliante :

— Allons, allons, c'est à la dame qu'il faut demander ça.

Il fait un clin d'œil à l'éleveuse :

— Vous comprenez, à cet âge, elle a besoin d'avancer plus vite que moi. Vous l'autorisez à faire seule la visite ? Promis, elle n'ouvrira pas les chenils. (Avec un nouveau clin d'œil, il ajoute :) Elle est bien trop impressionnée par des gros chiens comme les vôtres. Je sens que, quand j'aurai le mien, elle aussi sera plus gentille avec moi…

La femme ricane avec Papi, puis, toute mielleuse mais le regard froid, elle accepte :

— Vas-y, ma chérie ! Tu peux aller partout, sauf si c'est marqué interdit.

Louise a fait le tour des parcs à chiens. Elle se doute bien que, puisqu'elle a l'autorisation de se balader seule, Pépé n'est pas à sa portée s'il est dans le coin. Cependant, ça lui a permis de constater que toutes les dépendances ont leurs portes ouvertes ou que les clés sont dessus. Même si des panneaux « Accès interdit sauf personnes autorisées » sont cloués aux battants, ceux-ci seraient verrouillés s'ils recelaient quelque chose d'intéressant.

Cet élevage n'a donc rien à cacher ?

Pas cette partie-là, en tout cas.

Par contre…

Derrière les bâtiments, une barrière – ornée d'un grand sens interdit, mais mal refermée – rompt la continuité de la clôture. Elle bloque l'accès à une piste, bordée elle aussi de hauts grillages. La voie empierrée est en pente et, à partir d'une centaine de mètres, elle disparaît derrière un repli de terrain.

Louise est dissimulée aux regards de l'homme aux gamelles par des entrepôts ; là-bas entre deux enclos, Papi lui fait face et est en train de téléphoner – tiens, les garous seraient-ils en train de le rappeler ? –, tandis que l'éleveuse est de dos, tourné vers lui. Louise adresse un grand signe du bras à Papi : s'il la regarde, il saura où elle est allée, et, sinon, sûr qu'il le devinera.

Elle franchit la barrière en se faufilant et pique un sprint pour dépasser au plus vite la partie du chemin visible de la ferme. Ses épaules sont crispées à l'idée que la femme se retourne ou que l'homme surgisse au coin d'une allée et l'aperçoive. Au cas où ils l'appelleraient, elle est bien décidée à faire semblant de ne pas les entendre.

Aucun cri n'a retenti quand elle passe le repli et devient invisible depuis les bâtiments.

La pente du chemin s'accentue, les grillages interdisent désormais l'accès à une jungle d'arbustes et de ronces.

Trois tournants, et Louise débouche dans le fond d'une large combe.

Personne en vue. Elle peut prendre le temps d'étudier les lieux.

Le treillis métallique part du chemin à droite et à gauche, encerclant entièrement le vallon. À cinquante mètres, longeant le chemin, se trouve une vaste enceinte entourée d'un mur de planches plus haut qu'un homme. Puis la piste atteint ce qui ressemble à un parking empierré aussi vaste que celui d'un hypermarché – seul un van s'y trouve –; un grand hangar carré et très haut (une forme bizarre pour un hangar, remarque Louise) se dresse au fond.

Personne en vue, mais de l'enclos s'échappent soudain de sourds grondements canins.

Pépé ?

La palissade empêche Louise de voir ce qu'il y a à l'intérieur. D'un autre côté, elle la dissimule également aux regards… et la protège de ce qui se passe derrière.

Car les grognements viennent d'augmenter de volume. Une voix masculine hurle brusquement :

— Attaque !

Une tempête d'aboiements furieux explose.

Pépé est attaqué par un homme et des chiens ?

Cris de rage humains et canins, grognements, aboiements, remue-ménage de bagarre !

Le vacarme est très impressionnant. Louise commence à reculer. Peut-être est-ce le moment de laisser faire les Garloup et les Châteleus ?

Mais le bruit n'a jamais tué personne, et elle est relativement en sécurité de ce côté-ci de la clôture de bois. En apprendre un peu plus sur ce qui se passe ici pourrait être crucial pour la libération de Pépé.

Prudemment, elle s'approche de l'enclos. Les planches sont épaisses mais assez grossières. Deux d'entre elles sont mal ajustées, et une fente à mi-hauteur autorise Louise à voir l'intérieur.

CHAPITRE 18.

D'abord, elle ne saisit pas bien ce qu'elle voit : deux silhouettes grossièrement humaines courent autour d'une masse tourbillonnante de poils, de crocs et de griffes.

Elle finit par comprendre qu'il s'agit de deux hommes encourageant des molosses fous furieux à agresser elle ne sait quoi. Un casque de chantier sur la tête, les humains sont recouverts d'une sorte d'armure matelassée de la gorge à leurs grosses chaussures de cuir. À l'évidence, ils se protègent des morsures au cas où les bêtes se retourneraient contre eux. L'un d'eux est armé d'une perche au bout de laquelle se trouve une large boucle de fil d'acier, une sorte de lasso étrangleur.

Il se tient prêt à en faire usage quand l'autre hurle soudain :

— Suffit ! Au pied !

La mêlée se désagrège en trois monstres massifs, babines entièrement retroussées sur des crocs énormes et baveux. Les trois cerbères ont le poil hérissé, ensanglanté à plusieurs endroits. Ils sont de trois races différentes : un doberman, un pitbull et un chien-loup dont Louise ne connaît pas la race, mais bien plus petit qu'un garou.

Récalcitrants mais craignant visiblement les deux hommes, les fauves s'écartent à regret de… d'un punching-ball ? Cela a dû être une sorte de gros sac de cuir, désormais à moitié déchiqueté. Certains des lambeaux qui traînent un peu partout sont recouverts de… Une peau de bête à poils ! Et si Louise ne se trompe pas, il s'agit de la dépouille d'un autre doberman. Même couleur noire bordée de fauve, même poil ras.

Au moins, ce n'est pas une peau de garou.

Mais jamais Louise n'aurait imaginé que le dressage – ça ne peut être que ça, non ? – des chiens d'attaque soit aussi cruel.

Elle a le cœur au bord des lèvres d'une telle violence.

Dégoûtée, elle se détourne de la scène.

Ainsi, cette combe serait le centre de dressage dont l'éleveuse a vanté les mérites ? Brrr, traiter ainsi des animaux et les rendre plus agressifs qu'ils ne le sont déjà est-il vraiment nécessaire ? Elle ne peut pas y croire !

En tout cas, même s'il n'y a toujours pas de signe de Pépé, sûr que ces gens ont tout le cynisme qu'il faut pour voler un chien qui leur plaît… et le transformer en tueur ?

Visiblement, le garou n'est pas dans cette enceinte, mais qu'en est-il du hangar ?

En traversant le parking, bien trop à découvert à son goût, elle se répète plusieurs fois que si jamais elle est surprise par les abominables dresseurs, ils n'oseront pas faire du mal à une ado humaine. Là, pour le coup, ils perdraient leur emploi et ce serait la prison assurée pour eux. Au pire, ils s'amuseront à lui faire peur, peut-être en menaçant de lâcher les chiens sur elle, mais ils ne le feront pas.

N'est-ce pas ?

C'est les jambes un peu tremblantes qu'elle atteint le bâtiment.

Les deux vantaux de la grande porte sont solidement maintenus fermés par une grosse chaîne cadenassée enroulée sur des poignées vissées dans le bois épais. Ils s'ajustent trop bien pour qu'il soit possible de jeter un coup d'œil à l'intérieur.

Il n'y a par ailleurs aucune fenêtre sur le reste de la façade, juste le toit de tôle à cinq ou six mètres de hauteur, qui est décollé des murs pour assurer l'aération à l'intérieur.

Louise entreprend de faire le tour du bâtiment pour savoir si les autres côtés sont aussi borgnes.

Elle se sent tout de suite mieux quand elle tourne l'angle et qu'on ne peut plus l'apercevoir de l'enceinte.

Mais son soupir de soulagement se teinte de déception, car ce côté-ci est dépourvu d'une quelconque ouverture.

Elle le longe. Elle atteint le coin donnant sur l'arrière, et passe une tête prudente pour regarder si la voie est libre.

Bingo ! Il y a peut-être un moyen d'entrer dans le hangar. Car, à l'autre bout de celui-ci, une vieille bicoque s'y adosse. D'un seul niveau, en pierres sèches, elle est criblée de petites ouvertures sous sa toiture. Un ancien poulailler ? Un pigeonnier ? Peut-être qu'il y a une porte sur les côtés qu'elle ne voit pas ? En tout cas, il n'y a perso…

Granmoun !

Granmoun est là ! Sa fourrure noire mouchetée de blanc se fond dans l'ombre de la dépendance. Il est dressé contre le mur et gratte avec sa patte l'un des fenestrons comme s'il cherchait à l'agrandir en descellant les pierres.

Soudain, il tourne la tête vers elle et flaire l'air à coups de museau. Il l'a sentie !

Il se laisse pesamment retomber et s'élance vers elle.

Louise pousse un grand soupir de soulagement. Si les éleveurs l'attrapent, elle ne sera pas seule à les affronter !

Elle ne pense pas un instant que l'énorme loup, qui bondit à sa rencontre, puisse lui vouloir du mal. Quand il pince son T-shirt pour la tirer complètement derrière le hangar, elle trouve tout naturel que ses crocs n'effleurent pas sa peau et ne trouent même pas le tissu.

Et le grondement sourd que Granmoun émet n'est pas une menace mais une réprimande. Il n'est pas content de la trouver là, parce qu'il est inquiet pour elle.

Une fois qu'il l'a mise à l'abri derrière le hangar, il se précipite au coin de celui-ci. C'est à son tour d'avancer une truffe et un œil prudents pour voir d'où elle vient.

Il se détend visiblement. Il doit s'étonner qu'elle soit seule, mais il s'est rendu compte qu'elle n'est pas en danger immédiat. Et il a dû évaluer que les sons et les odeurs de chiens enragés qu'il perçoit forcément ne sont pas tout proches.

Puis il regarde Louise, penche la tête, oreilles dressées, regard interrogateur. Sa question est claire : « Que fais-tu là ? »

Louise le lui explique, avant de demander à son tour :

— Et toi, comment tu es arrivé là ? Tu es tout seul ? Tu as trouvé Pépé ?

Granmoun tourne la tête vers le fond de la combe. Elle suit son regard et découvre une grande déchirure dans le grillage. D'accord, c'est par là qu'il est venu, et elle parie que c'est lui qui a arraché la clôture pour pouvoir entrer.

Il met le museau au sol et fait mine de flairer une piste tout en faisant quelques pas vers la bicoque de pierre.

— Tu as senti Pépé et tu as suivi sa trace, c'est ça ?

Granmoun secoue la tête, et Louise ne sait pas trop s'il s'agit d'un « oui » ou d'un « non ». Cependant, comme le garou repart vers le poulailler-pigeonnier, tournant le regard alternativement vers celui-ci puis vers elle, elle comprend qu'il veut qu'elle l'accompagne.

Il n'y a pas de porte, et les ouvertures sont trop hautes pour que Louise réussisse à voir ce qu'il y a dans la maisonnette. Mais Granmoun se place le long du mur et lui signifie de grimper debout sur son dos.

Elle s'exécute.

Le trou dans la pierre est juste assez grand pour qu'elle y passe la tête, mais le mur est trop large et elle ne peut voir que la moitié supérieure de l'intérieur. Autrement dit : les parois de pierre sèche, la charpente et le toit, et, dans le mur d'en face, une porte fermée. Celle-ci est en bois épais renforcé de bandes métalliques ; elle doit s'ouvrir sur le hangar. C'est tout.

Du moins pour ce qu'elle voit.

Car elle n'a pas besoin de posséder un flair de limier pour que l'odeur forte et désagréable de chien malade et de produits médicaux la prenne à la gorge.

Soudain, en dessous d'elle, cela remue. Un gémissement se fait entendre.

— Pépé ? chuchote-t-elle.

Pas de réponse mais les bruits de paille froissée – ou quelque chose du genre – recommencent. S'y ajoutent ceux d'une respiration un peu haletante, entrecoupée de nouveaux gémissements.

— Pépé ? répète Louise plus fort.

Tout se tait à l'intérieur.

Louise attend un instant l'oreille tendue avant d'appeler de nouveau :

— Pépé ? On est là pour vous libérer ! C'est Isa Châteleus qui nous envoie.

Les bruissements reprennent un instant avant qu'une voix ensommeillée coasse difficilement :

— Louise ?

Comment Pépé peut-il savoir qui elle est ? s'étonne Louise.

Avant de se rendre compte que cette voix n'est pas celle d'un vieillard, c'est celle de…

— Héloïse !?

CHAPITRE 19.

Héloïse gémit :

— Oui, c'est moi... C'est quoi ce truc ?...

Ça bouge de nouveau. Quelque chose tombe sur le sol avec un bruit de chaussures de cuir qui dégringolent.

— Un harnais ! Une laisse ! J'étais dans un harnais pour chien ! commente Héloïse d'un ton outré.

Sa voix vacille encore un peu mais, sans conteste, elle s'affermit.

Elle est presque redevenue normale quand la jeune fille s'exclame :

— Oh merde ! Il y a aussi... C'est Pépé ! Ça peut être que lui ! Il est mo... Non, il dort ! Il est attaché, lui aussi ! Avec une perfusion !

Encore des bruits de paille. Héloïse se met à respirer très fort puis à pester tout bas. Louise devine qu'elle s'est traînée jusqu'à Pépé et qu'elle déboucle le harnais qui doit le retenir, lui aussi.

— Berk ! s'exclame soudain sa jumelle. Cette aiguille est plus longue que mon doigt !

Elle a dû débrancher le goutte-à-goutte. Louise grimace, des images de piqûres plein la tête. Pourquoi Pépé avait-il une perfusion ? Il est malade ?

Elle va poser la question à Héloïse quand celle-ci demande d'une petite voix :

— On est où ?

Louise a le cœur qui se serre à entendre la détresse du ton. Héloïse reprend vite ses esprits, mais elle est encore toute désorientée.

Doucement, elle répond :

— Dans un élevage de chiens. T'as dû être enlevée, toi aussi.

— Hein ?... Je ne me souviens pas... Ils m'ont droguée ! C'est pour ça que j'ai mal à la tête... Ooooh, Pépé ! La perfusion, c'est pour le mettre dans les vapes en continu. Ils vont m'en brancher une aussi ? Je ne veuuux pas...

Louise entend l'angoisse et la confusion dans la voix tremblante de sa jumelle. Il faut la détourner de ce qui arrive à Pépé.

— Non, non, on est là, maintenant ! De quoi tu te rappelles ?

Héloïse respire plusieurs fois très fort, puis, plus calme, répond :

— Je suis partie faire une balade avec Granmoun ce matin. On voulait faire la course jusqu'à l'ermitage de Saint-Léobon... J'ai pris par la route, ça rallonge et ça laisse plus de chances à Granmoun de gagner... Il y avait un van après un tournant... et un homme pas loin. Avec un fusil ! Il m'a tiré dessus ??? Tu crois qu'il m'a tiré dessus ?

Granmoun jappe deux fois, en réponse.

Ça doit vouloir dire « oui ».

— Granmoun ?! Granmoun, t'es là aussi ! Ooooh, je suis contente !

— Oui, dit Louise. Granmoun est là, mais je ne sais pas comment.

— On est loin de la Louvetière ?

Louise se remémore la carte sur le Net consultée pour situer l'élevage, et les bourgs aux alentours dont elle a reconnu les noms.

— Pas très, non, je ne crois pas.

— Alors Granmoun a dû suivre le van à l'odeur. Il n'y a pas beaucoup de circulation à l'aube, il a réussi à garder la bonne piste... Mais toi ? Qu'est-ce que tu fais là ?

Louise explique de nouveau pourquoi Papi et elle sont venus « visiter » l'élevage.

Dans le même temps, Héloïse, nue et de dos, apparaît dans son champ de vision et va droit jusqu'à la porte.

— Il n'y a pas de poignée de ce côté-ci ! s'exclame-t-elle. Je suis enfermée !

Elle se tourne vers Louise.

Son visage est en train de pâlir. Elle se met à haleter comme si elle manquait d'air. Elle enserre sa poitrine de ses bras crispés, et ses yeux s'écarquillent d'angoisse.

Pas besoin d'être un garou pour comprendre que n'importe qui a de quoi paniquer en se retrouvant prisonnier, après avoir été chassé aux anesthésiants. Héloïse a essayé de prendre les choses calmement, mais là, elle est en train de perdre pied.

— Là, là, la réconforte Louise précipitamment, ça va aller ! Expire longuement.

Elle souffle lentement pour inciter sa cousine à faire de même. Puis, sans la lâcher des yeux, elle mime un rythme apaisant d'inspirations et d'expirations.

Peu à peu, Héloïse desserre l'étreinte de ses bras et reprend des couleurs, mais ses yeux continuent de trahir la peur qui l'habite.

Combien de temps avant que sa jumelle succombe à une nouvelle crise d'angoisse ? Combien de temps avant que Papi et les Garloup viennent la délivrer ?

Trop !

C'est à Louise et à Granmoun de le faire.

***

Le dernier côté du hangar s'avère lui aussi dépourvu d'ouvertures, excepté les aérations sous la toiture.

Autrement dit, le seul moyen d'entrer est la grande porte sur la façade.

Là-bas, sur l'autre bord du grand parking, les chiens et leurs maîtres se déchaînent une nouvelle fois dans l'enceinte de dressage. Sale ambiance, mais ça signifie que la voie est libre.

Louise et Granmoun courent jusqu'aux deux grands battants enchaînés.

Louise saisit le gros et lourd cadenas, et essaie de l'ouvrir. En vain.

Granmoun la pousse du museau pour qu'elle lui laisse la place.

Le garou commence par mordre dans le cadenas. Il doit vouloir écraser le mécanisme à l'intérieur et libérer ainsi la tige.

Hélas, il a beau le presser de toute la force de sa mâchoire, la serrure ne fait que s'aplatir. Ça coince encore plus la tige à l'intérieur. Cette fois-ci, même la clé ne permettrait plus de la débloquer.

Alors Granmoun attrape la chaîne. Délicatement, pour commencer : il cherche à glisser un croc dans un maillon. Puis il secoue la tête. Certainement avec l'espoir de tordre l'anneau et de l'obliger à s'ouvrir.

Il secoue de plus en plus fort. Ça fait un bruit de tonnerre, cette chaîne ballottée contre les poignées d'acier. D'autant que la porte fait caisse de résonance.

Pourvu que les dresseurs n'entendent rien !

Mais les dresseurs ne sont pas le seul danger. De l'intérieur du bâtiment, des grondements menaçants viennent de ponctuer les efforts de Granmoun.

Il y a des chiens, là-dedans !

Plusieurs !

Et libres de leurs mouvements, puisqu'ils sont juste derrière les vantaux.

Des chiens qui doivent garder le hangar. Des chiens d'attaque, certainement. Et Louise a vu comment ils sont dressés, ici…

Granmoun lâche la chaîne – qui est toujours intacte – et gronde en retour, l'échine hérissée.

Louise est prête à laisser tomber l'idée de forcer cette porte. Héloïse va devoir attendre, seuls Papi et les adultes peuvent obliger les éleveurs à ouvrir. Après tout, ils détiennent une jeune fille, même s'ils vont être très surpris de l'apprendre. S'ils ne veulent pas d'ennuis avec la police (ils ne sauront pas que c'est du bluff), ils ont intérêt à la délivrer vite fait.

Cependant, le garou n'a pas dit son dernier mot. Sans s'occuper du vacarme, il saisit entre ses dents l'une des poignées sur lesquelles la chaîne est enroulée. Il tourne la tête alternativement vers la droite puis vers la gauche, grognant sous l'effort.

Tout d'abord, Louise ne comprend pas. Pourquoi croit-il que cette poignée puisse céder à ses poussées ? Elle est bien plus épaisse que la chaîne et fait totalement corps avec la plaque d'acier qui la soutient.

Puis un grincement de bois arraché domine un instant les bruits de ferraille et les grondements. Les vis qui clouent la plaque au battant sont en train de céder !

Les fauves à l'intérieur doivent sentir que leurs assaillants sont proches d'entrer, ils se mettent à aboyer à pleine gorge.

Galvanisé, Granmoun redouble ses secousses. Ses babines froncées découvrent entièrement son impressionnante denture. Un grondement continu s'échappe de sa gueule, contrepoint vibrant des hurlements furieux et des tintements de la chaîne.

Louise ne peut s'empêcher de reculer de quelques pas, tant le garou et le vacarme sont affolants.

Impossible que les éleveurs n'entendent rien !

Dans une explosion grinçante de bois torturé, la plaque s'arrache enfin. Granmoun bondit en arrière, le vantail libéré claque brutalement contre le mur. Le hangar est désormais béant.

Quatre molosses ont eux aussi sauté en arrière, se réfugiant dans la pénombre intérieure. Mais ils se reprennent déjà. Leurs yeux haineux se plissent au-dessus des gencives plantées de crocs, un roulement caverneux remplit leur poitrail.

Ils commencent à approcher.

De l'autre côté du parking, une porte coulisse dans la palissade. Deux hommes en armure s'encadrent dans l'ouverture. Ils retiennent par leur collier trois chiens dressés à tuer.

CHAPITRE 20.

Un instant, Louise est totalement sidérée. Son regard erre d'un chien furieux à l'autre. Les gueules, bardées de canines aiguisées, s'ouvrent sur les profondeurs sanguines des gorges éructantes. La bave jaillit, gluante et épaisse comme de la lave s'écoulant de volcans colériques. Les fourrures hérissées sont parcourues de vagues de colère mal contenue. Les pattes prennent appui sur le sol, les griffes largement écartées. Prêtes à bondir, prêtes à éventrer.

Les monstres sont partout. Nulle part pour leur échapper. Et Louise ne fait le poids devant aucun d'entre eux.

Seuls les dresseurs pourraient éviter que la folie éclate en rappelant leurs bêtes. Sauf qu'eux aussi sont des monstres.

— Attaque ! crie l'un d'eux.

Et les trois fauves qu'ils retenaient par le collier s'élancent ventre à terre.

Tandis que les dogues du hangar bondissent.

À l'assaut de Granmoun !

Tous les quatre !

Louise ne les intéresse pas !

En prendre conscience la débloque. Ces chiens sont dressés à combattre d'autres chiens, leur attention est fixée sur le loup. Pour l'instant.

Granmoun accuse le choc. D'un coup de patte, il envoie valser l'un des assaillants, tandis que ses crocs ripent sur une truffe, arrachant un lambeau de peau. Le molosse s'aplatit sur le sol, gémissant de douleur. Mais les deux autres dobermans font mouche. L'un mord à pleines dents dans l'échine du garou, l'autre dans une cuisse. Ils se reculent d'un bond.

Avant de sauter de nouveau sur Granmoun.

Celui-ci, indifférent en apparence à ses blessures qui s'ensanglantent, a prévu la manœuvre. Il se laisse tomber au sol et, cette fois-ci, les mâchoires claquent dans le vide. Celles du garou aussi, mais l'arrière-train de l'un des attaquants n'est pas passé loin.

La bête repoussée auparavant par le coup de patte a repris ses esprits, elle est en train de se préparer à bondir. Le mordu au museau se remet lui aussi à gronder et retrousse les babines.

Les trois autres fauves vont atteindre le hangar dans quelques secondes.

Louise ne peut pas aider Granmoun. S'il a l'avantage de la taille, du poids et des techniques de combat qui ne sont pas vraiment canines (se laisser tomber? Super comme idée!), il est vieux et moins vif que ses assaillants. Combien de temps résistera-t-il, seul face à sept chiens tueurs?

Cependant, Louise peut quand même faire quelque chose : délivrer Héloïse!

Elle prend son courage à deux mains pour contourner la bataille et pénétrer dans le hangar.

Un enclos rond occupe tout le centre de celui-ci. Il est entouré de hauts barreaux dans lesquels s'encastrent plusieurs portes métalliques. Le sol est recouvert d'une épaisse couche de sciure. C'est une arène! D'ailleurs, des gradins en échafaudages de chantier la dominent sur deux des côtés.

Des combats de chiens! Cet élevage organise des combats de chiens! Les bêtes doivent s'entretuer dans l'arène pour le plaisir d'humains barbares.

Quelle horreur! Comment une telle chose peut-elle être permise?

Le vacarme dehors prend soudain une nouvelle ampleur. Les trois fauves en provenance de l'enceinte viennent de se joindre à la bataille. Un glapissement caverneux de souffrance – ce ne peut être que Granmoun – confirme qu'il va bientôt être débordé.

Louise ravale un haut-le-cœur et retient l'impulsion de se précipiter à son secours, malgré l'inutilité d'une telle action. Elle serre les dents et se met à courir vers le fond du bâtiment, où doit se trouver la porte du poulailler-pigeonnier.

Pour contourner l'arène, elle est obligée de longer les murs, ou plutôt du matériel divers et des caisses à barreaux, vides. Tout à l'air à peu près propre bien que des odeurs d'urine et d'excréments canins se mêlent à celles de détergents et de la sciure.

Au moment où Louise repère enfin la porte qu'elle cherche, une masse griffue la frappe en plein dos.

Elle s'étale de tout son long.

Heureusement, elle a le réflexe de rouler sur le côté. La gueule sanguinolente et remplie de poignards affûtés ne fait que cogner son épaule.

Le monstre à la truffe mordue a décidé qu'elle était une proie plus facile que Granmoun !

Sa main droite heurte un truc dur. Avant même que Louise reconnaisse le manche d'une petite pelle en métal – pour ramasser les crottes ? –, elle s'en est saisie.

Elle frappe de toutes ses forces en direction du chien.

Un *bong!* retentissant suivi d'un cri de souffrance lui indiquent qu'elle a atteint sa cible. Elle ne sait pas où, mais le monstre bondit en arrière.

Louise se relève à toute vitesse. Elle brandit la pelle et se rend compte qu'elle est à moitié pliée. Argh ! C'est bien sa chance, une arme qui se chiffonne au moindre coup.

Et le chien a l'air d'être déjà remis de sa frappe. Babines retroussées, il gronde en la fixant droit dans les yeux. Il ramasse son arrière-train pour se donner de l'élan pour sauter.

Louise se force à ne pas baisser les yeux. Elle ne doit pas se comporter comme une proie ! Déterminée, elle avance d'un pas vers lui, fendant l'air de son arme improvisée.

Le chien, méfiant, se tapit sur le sol. Cependant, il n'arrête pas de grogner. Il ne va pas tarder à comprendre que Louise a bien plus peur que lui et attaquer de nouveau.

Louise avise la porte derrière laquelle sa jumelle est prisonnière.

Ouf ! La fermeture n'est pas une serrure sans clé, mais un gros verrou.

Prudemment, Louise fait un pas dans sa direction. Elle ne quitte pas des yeux le doberman et brandit toujours la pelle tordue. Le grondement s'accentue mais l'animal ne bouge pas.

Louise se déplace en crabe d'un autre pas.

Le fauve, d'un mouvement vif, s'avance d'autant vers elle, mais s'aplatit de nouveau.

Le cœur de Louise bat la chamade.

Elle expire longuement pour se donner le courage d'un autre pas.

Puis d'un autre.

Le dogue se dresse.

Louise n'attend pas de savoir s'il va ou non s'élancer vers elle pour de bon.

Elle hurle :

— Héloïïïïse !!!

Et se précipite en deux bonds sur la porte, qu'elle déverrouille.

Elle n'a pas le temps de tirer le battant pour l'ouvrir que celui-ci la repousse vers le mur… cueillant au passage la truffe déjà bien abîmée du fauve. Il était en train de lui sauter à la nuque !

Louise se retrouve assise par terre, tandis qu'un tourbillon de poils brun roux jaillit de l'embrasure.

Héloïse-louve traverse la moitié du bâtiment, avant de réussir à juguler son instinct de fuite. Elle se fige, tremblante d'énervement. Elle tourne la tête de tout côté, truffe en avant, oreilles dressées, museau froncé sur sa denture impressionnante. Elle prend la mesure de la situation.

Un instant, elle regarde fixement l'entrée du hangar, où la bataille fait rage (les cris de douleur de Granmoun sont désormais plus nombreux que ceux, plus aigus, des molosses).

On sent qu'elle brûle de s'y joindre.

Mais c'est vers sa jumelle qu'elle s'élance. En quelques bonds, elle est auprès d'elle. Ou plutôt auprès du dogue… qui s'avance vers Louise, bien décidé à l'achever, cette fois.

Avant que Louise ne se rende compte qu'elle a lâché la pelle, Héloïse-louve mord cruellement une patte arrière du monstre.

Sans lâcher, elle tire brutalement celui-ci en arrière. D'un grand mouvement de tout son corps, elle le soulève et l'envoie s'écraser contre le mur. La bête s'affale sur le sol comme une poupée de chiffon. Assommée.

La louve ne jette même pas un regard à Louise. Elle part à fond de train à la rescousse de Granmoun.

CHAPITRE 21.

Louise avise un long bâton métallique posé contre le mur. Elle reconnaît une perche d'où sort un lasso en fil d'acier.

D'un même mouvement, elle se relève et s'en empare. Elle va pouvoir aider Granmoun et Héloïse.

Tout en courant vers la sortie du hangar, elle cherche à savoir comment fonctionne l'engin. Elle comprend vite qu'il suffit de pousser ou tirer une sorte de poignée coulissante pour déployer le lasso ou le rétracter.

Elle règle la boucle à sa grandeur maximale : ce sera plus facile de la passer autour du cou d'un animal.

Un fauve va regretter d'avoir fait du mal à Granmoun !

Tenant fermement la gaffe comme un piquier brandirait une lance, elle jaillit sur le champ de bataille.

Sa charge s'arrête court.

Il n'y a plus de monstres en état de combattre. Plus ou moins éclopés et geignant de douleur, ils gisent, éparpillés. Ils sont à distance prudente d'une Héloïse-louve campée devant un Granmoun étendu et ensanglanté. La jeune garou est encore toute hérissée de colère, mais ne paraît pas écrasée de chagrin. Louise en déduit que le vieux loup est blessé, certainement épuisé, mais bien vivant !

D'ailleurs, Louise voit son poitrail se soulever et s'abaisser au rythme rapide de quelqu'un qui reprend son souffle. Sa tête se redresse soudain, oreilles dressées. Elle est tournée vers l'enclos de dressage et le chemin qui mène à l'élevage.

Les deux dresseurs en armure sont en train de s'éloigner dans cette direction.

Ils veulent visiblement intercepter…

Papi ! C'est Papi !

En fauteuil roulant, il dévale la piste à toute allure. À ses côtés, Fanfan trotte souplement, l'échine gonflée, le regard noir luisant de colère.

Derrière eux, marchant à grands pas, Isa Châteleus et Tante Jeanne encadrent l'éleveuse, dont l'air renfrogné n'a plus rien de mielleux.

Fanfan fait un détour mais Papi fonce tout droit sur les dresseurs, qui cherchent à s'interposer.

— Vous êtes sur une propriété privée, crie l'un d'eux. Vous n'avez pas le droit !

À quoi Papi répond dans un grondement furieux :

— Ma petite-fille est blessée ! Vous allez le payer !

Les deux hommes, malgré leur carrure de commandos encore élargie par leur armure, cèdent devant autant de détermination. Ils s'écartent d'un bond pour libérer le passage.

Blessée ? se demande Louise. *Je ne suis pas blessée.* Et soudain une douleur à l'épaule et des brûlures dans son dos se mettent à la contredire.

Elle réalise seulement à cet instant que le dogue qui l'a agressée n'a pas fait que la bousculer. Ses griffes ont sillonné la peau de son dos quand il l'a renversée, et l'un de ses crocs a entaillé le haut de son bras. Elle n'a rien senti, avec la tension de la bataille. Heureusement, ce ne doit pas être très profond, car elle ne ressent aucune gêne dans ses mouvements ; ce ne sont que de simples estafilades. Par contre, le T-shirt blanc est désormais plein de sang et en lambeaux.

De quoi affoler Papi, sans aucun doute.

Elle retient l'élan qui la pousse à aller à sa rencontre. Sûr qu'elle aimerait se faire réconforter de toute l'horreur qu'elle vient de vivre, mais il y a des choses plus importantes que ses égratignures. Si Papi ne pense qu'à elle, il risque d'oublier qu'il ne faut pas mêler les gendarmes à tout ça.

Elle attend donc sans bouger qu'il arrive jusqu'à elle, manifestant sa joie de le voir par un sourire rassurant.

— Tout va bien pour moi, Papi, dit-elle, alors que, arrêté devant elle, il la scrute des pieds à la tête pour s'en convaincre. Les chiens sont dressés à attaquer d'autres chiens, pas des humains. C'est Héloïse et Granmoun qui étaient en danger, pas moi ! Et il y a aussi Pépé. C'est bien eux qui l'ont enlevé ! Et ils avaient attrapé Héloïse ! Ils leur tirent dessus avec un fusil pour les endormir. Pépé avait une perfusion de drogue, aussi. Tu le savais, pour Héloïse ?... Oui, tu dois le savoir, hein. C'est pour ça que tous les téléphones étaient occupés tout à l'heure. Parce que la famille venait de se rendre compte de la disparition d'Héloïse et de Granmoun, n'est-ce pas ?... Ils les ont kidnappés pour les dresser à tuer. Dingue, hein ! J'ai vu qu'ils les font attaquer des sacs recouverts de peau de chien. Ça les rend fous ! Des monstres ! Et là-dedans (elle désigne le hangar), il y a une arène et des gradins pour les spectateurs ! Pour des combats de chiens ! Ils les forcent à s'entretuer ! Je ne comprends pas comment ça peut être permis. C'est vraiment incroy...

— Doux, doux, l'interrompt Papi gentiment. D'abord, j'ai besoin d'un câlin.

C'est raté pour la tentative de paraître calme, Papi n'est pas dupe. Louise se jette dans ses bras.

C'est à l'unisson, bien serrés l'un contre l'autre, qu'ils entament le rituel des longues inspirations et expirations pour se rasséréner.

Un instant tout s'apaise autour d'eux. Les chiens blessés se sont tus, les petits bruits qu'émet Fanfan venu renifler Héloïse-louve et Granmoun sont amicaux, les éclats de voix menaçants dans la discussion qui s'engage entre les garous et les dresseurs semblent lointains.

Puis, d'un coup, le roulement caverneux d'une avalanche rompt brutalement la bulle de calme.

Louise sursaute et bondit en arrière, prête à en découdre de nouveau.

À l'entrée du hangar, un énorme loup gris dressé sur des pattes flageolantes cligne des yeux sous la lumière trop forte. Son poil terne est embroussaillé, ses flancs creux halètent.

Pépé !

Le grondement de tonnerre qu'il produit n'a, lui, rien de maladif. D'autant que sa posture s'affermit, que tout son corps se tend, que ses oreilles et son regard se pointent soudain vers le groupe d'adultes qui le fixe, bouche bée.

Mais ce n'est pas Isa Châteleus qu'il voit et entend, ce n'est pas la joie de retrouver sa famille qui lui donne de nouvelles forces.

C'est la haine !

Le tonnerre dans sa gorge roule de plus belle, une folie meurtrière rougit ses yeux, qui s'écarquillent. Les crocs dégainés au maximum, il s'élance.

Fanfan bondit pour l'intercepter, mais Pépé l'a déjà dépassé. La grand-mère dragon, dans un cri d'alarme, tente elle aussi de stopper sa charge démente, et s'avance devant les dresseurs pour les protéger.

Peine perdue !

Dans un bond gigantesque, Pépé passe au-dessus d'elle et atterrit entre les trois éleveurs. La femme pousse un cri aigu et recule si précipitamment qu'elle en trébuche et tombe. Pépé se tourne vers elle, faisant claquer son effrayante denture. L'homme à la perche brandit celle-ci, dans un mouvement de défense bien plus que d'agression.

C'est sur lui que le loup saute.

La mâchoire se referme sur un avant-bras levé précipitamment pour protéger la gorge. Le matelassage de l'armure n'empêche en rien les dents pointues de s'enfoncer. Le bruit sec et horrible d'un os brisé net retentit dans toute la combe. L'homme et le loup roulent sur le sol empierré.

D'une torsion de reins, Pépé se dégage du dresseur qui hurle de douleur et de panique. Ses crocs prennent leur élan pour donner le coup de grâce.

La masse rousse de Fanfan s'abat sur le loup fou, dont les dents croquent le vide. L'homme vient de passer à un cheveu de l'égorgement.

Les deux garous ont chuté pêle-mêle. Comme des ressorts, ils se redressent d'un bond et se font face en grondant furieusement.

Mais brusquement, Fanfan se tait. Sa fourrure s'affaisse, son museau et ses yeux se baissent. Il se laisse tomber sur le côté puis roule sur le dos, la queue complètement repliée entre ses pattes arrière. Il est désormais sans défense, et expose son ventre fragile à la morsure de Pépé. Il propose ainsi sa reddition complète, il se montre tout faible devant son pépé. Il n'est plus un ennemi, il est un petit qui demande merci.

Et ça marche ! Le grondement de Pépé diminue, ainsi que le gonflement des poils de son échine. Il vient flairer

Fanfan, qui pousse de petits gémissements et dont le bout de la queue se met à remuer. L'appendice du vieux loup esquisse à son tour un léger va-et-vient. Pépé a reconnu Fanfan.

À cet instant, un cri de souffrance échappe à l'homme au bras brisé. Pépé tourne la tête vers lui, ses babines se retroussent, son poil se hérisse de nouveau…

C'est alors qu'un long hurlement s'élève.

— HouuuuHOUUUUUUUUUhouuuuuHOUUUUUUUUU.

Un chant de loup !

Un appel à la meute comme Louise en a entendu dans des documentaires animaliers.

C'est Granmoun qui chante. Il s'est levé, et son museau pointé vers Pépé et Fanfan les invite à se joindre à lui.

Héloïse-louve répond la première :

— HouuuuHOUUUUUUUUUhouuuuuu.

Puis Fanfan lève à son tour sa truffe vers le ciel. Il module un hurlement très grave et très doux en regardant Pépé du coin de l'œil :

— Houuuuuuuuuuhouhououuuu.

Le loup malade demeure silencieux, mais quand Fanfan se tourne vers Granmoun et Héloïse et part vers eux en trottinant, il fait quelques pas pour le rattraper. Fanfan l'encourage d'un regard. Pépé, comme fasciné, oublie sa vengeance et se met à le suivre.

Quand les deux Châteleus arrivent à la hauteur des deux Garloup, ceux-ci cessent de chanter et s'ébranlent à leur tour. Les foulées se font de plus en plus amples.

La meute, menée par Granmoun, disparaît derrière le hangar.

Louise comprend tout de suite ce que le vieux garou a en tête : s'échapper par le trou dans le grillage et aller longuement courir dans les bois pour évacuer le stress.

Puisse Pépé retrouver tous ses esprits !

CHAPITRE 22.

— Va rejoindre Tante Jeanne, va lui montrer que tu vas bien, ordonne Papi. J'arrive tout de suite.

Un peu surprise, Louise l'interroge du regard. Il répond en sortant son portable de sa poche de poitrine. Elle aimerait bien savoir à qui il est si urgent de téléphoner, mais Papi n'a pas l'air de vouloir le lui dire. Elle n'insiste pas et part rejoindre Tante Jeanne et les autres.

L'homme blessé est silencieux et tout pâle, son bras pend et du sang imbibe le matelassage déchiré. L'éleveuse le soutient. Elle est en train de glapir :

— Votre fauve a voulu tuer mon mari ! Vous devez l'euthanasier immédiatement !

Isa Châteleus est un bloc de bois dur d'où émane une colère au bord de l'explosion.

— C'est vous qui l'avez rendu fou, siffle-t-elle. Vous avez mérité bien plus qu'un bras cassé !

— C'est qu'un animal !

La grand-mère dragon fait un pas vers le couple, ses lèvres se retroussent dans un rictus très canin. On sent qu'elle est en train de craquer et qu'elle va en venir aux mains.

— Du calme, du calme, intervient le deuxième dresseur d'un ton conciliant. Il n'y a pas mort d'homme et on s'excuse d'avoir pris vos chiens. On ne pouvait pas savoir qu'ils n'étaient pas abandonnés : ils étaient tout seuls dans la campagne et il est interdit de laisser les bêtes vagabonder.

— Vagabonder ? s'étouffe la Châteleus. Interdit ? Et il n'est pas interdit de voler les chiens, peut-être !

— Mais on veut bien vous dédommager, s'empresse d'ajouter l'homme. Ou mieux ! On pourrait vous dédommager ET vous acheter tous les chiots de la prochaine portée. Ces chiens sont magnifiques ! Ils valent de l'or, et nos clients se les arracheront. On pourrait s'associer pour l'élevage ?

Les yeux de la vieille femme sortent presque de leur orbite tant elle est outrée d'une telle proposition.

— Taisez-vous, intervient Tante Jeanne d'un ton sourd et menaçant. Ils ne sont pas à vendre. Ils ne seront JAMAIS à vendre. Alors si vous approchez encore d'eux ou de N'IMPORTE QUEL AUTRE CHIEN de cette race, vous aurez affaire à nous. Est-ce clair ?

Les trois éleveurs, vaincus, baissent la tête, et grommellent un assentiment.

Isa Châteleus se détend un peu et accepte d'un bref hochement de tête d'en rester là.

Tante Jeanne se tourne alors vers Louise. Un éclair de colère traverse son regard quand il se pose sur l'épaule ensanglantée, mais son expression s'adoucit quand elle relève les yeux vers le visage de l'ado. D'une main légère, elle lui caresse la joue :

— Ça va ? On va soigner tout ça vite fait. Tu es super courageuse. Et bravo ! C'est grâce à toi qu'on les a retrouvés.

Grâce à Louise, mais aussi à Granmoun, qui a suivi la piste d'Héloïse jusque-là. Et sans Papi, sans Fanfan, sans les Garloup et les Châteleus, tout ça aurait pu très mal finir.

Louise a un pincement de cœur pour les chiens tueurs. Certes, on ne peut pas faire autrement que se défendre quand ils attaquent, et elle est très soulagée qu'ils aient tous été mis hors de combat. Cependant, quelque part, ils n'y sont pour rien. C'est vraiment tordu de dresser des bêtes pour qu'elles combattent entre elles !

***

Tante Jeanne, Isa Châteleus et Fanfan ne sont pas venus seuls. Tandis qu'avec Papi, ils forçaient le barrage des éleveurs, s'inquiétant de la disparition de Louise et des hurlements canins qui leur parvenaient, toutes les forces Garloup et Châteleus se déployaient autour de la propriété. Après la reddition des dresseurs, un coup de fil les a regroupées à l'entrée du domaine. Une dizaine d'utilitaires et de vans sont garés le long de la petite route.

Quand les voitures des deux cheffes de famille et celle de Papi sortent du centre, leurs occupants sont acclamés par toute une petite foule (les garous sous forme de loups restent dissimulés dans les fourgons, mais des jappements joyeux trahissent leur présence).

Un débriefing est improvisé en plein milieu de la voie autour de la voiture de Papi, pour que celui-ci n'ait pas à en sortir. Louise raconte comment Héloïse et Granmoun ont abouti à la prison de Pépé, les molosses dressés à attaquer les autres chiens, l'arène et les gradins, comment Granmoun puis Héloïse-louve ont mis tous les monstres hors d'état de nuire, comment Pépé est devenu fou mais Fanfan a réussi à le calmer un peu avant que tous les loups partent courir au loin, grâce à un trou dans le grillage.

— Ça devrait aller pour Pépé, maintenant, confirme la grand-mère dragon. Il nous a reconnus sans problème, Fanfan et moi, et il a accepté de suivre la meute. Lui injecter des drogues en continu avec la perfusion a contrebalancé ses facultés d'élimination rapide des poisons. Avant qu'Héloïse la lui retire, il a dû dormir quasi tout le temps, et ça lui a évité le pire. Il n'est pas en forme, mais d'ici quelques jours, il s'en sera remis.

— Ces salauds ne sont pas près de recommencer, ajoute Tante Jeanne. Même pas eu besoin de les menacer d'aller porter plainte : ils voulaient nous payer pour nous dédommager ! Ils ont eu la frousse de leur vie quand Pépé a cassé le bras de l'un d'eux.

Papi fait une moue dubitative :

— Humph, dit-il. Je ne pense pas que ce soit ça qu'ils aient craint. Un homme normal qui est attaqué par un chien porte plainte pour que la bête soit abattue. Point. Qu'il ait volé ou pas le chien. Et pas un instant, ils n'ont parlé des gendarmes… Vous savez pourquoi ?

Il s'arrête un instant, tout le monde suspendu à ses lèvres.

— Parce que ce sont eux qui vont avoir de sacrés problèmes avec les forces de l'ordre !

— Mais enfin, Sylvain ! s'insurge Tante Jeanne, je croyais que tu avais compris. Ce n'est pas possible pour nous de porter plainte !

— Et vous ne le ferez pas ! Ni moi non plus, d'ailleurs. C'est la SPA qui va s'en charger. Je viens de leur envoyer des photos de l'arène, des chiens mordus qui ont visiblement essayé de s'entretuer, et d'un petit tract très instructif… Hé, hé, ils sont pratiques et discrets les téléphones de maintenant, même pas eu besoin de donner mon nom.

Il explique :

— Les combats de chiens sont formellement interdits. Internet me dit que ceux qui en organisent risquent pas mal d'années de prison ferme. C'est de la maltraitance animale, les chiens sont extrêmement dangereux, et les paris qui ont lieu sont hautement illégaux. C'est eux qui rapportent le plus, certainement, mais les bêtes dressées à tuer valent aussi très cher. C'est pour ça qu'ils voulaient élever et dompter vos « chiens ».

» Vu les moyens qu'ils ont utilisés pour les kidnapper, vu toutes les installations qu'ils ont, notamment l'arène et la grandeur du parking, il s'agit d'un gang qui ratisse les amateurs de ce genre de tueries au moins au niveau national. Le tract que j'ai photographié annonce un combat pour samedi prochain. À mon avis, les compétiteurs et les parieurs vont se pointer de toute la France et avoir une drôle de surprise. Un sacré coup de filet que vont faire les gendarmes, samedi !

» Et ça m'étonnerait fort que Pépé ou l'un d'entre nous soient jamais mentionnés. Là, les enlèvements de Pépé et d'Héloïse, sans compter Louise qui a été mordue, ne feraient qu'empirer les choses pour ces monstres. Le fait de voler des chiens aussi redoutables que les vôtres pour en faire un élevage de tueurs doublerait la peine de prison !

Louise est la première à applaudir Papi, puis l'expression de la grand-mère dragon, tout d'abord méfiante, devient convaincue. Avec un grand sourire de loup, elle félicite Papi, et applaudit à son tour. Tante Jeanne et tous les autres garous se joignent à elles.

CHAPITRE 23.

Il est presque midi quand Maman émerge de sa chambre et se rend à la cuisine. Louise a eu largement le temps de se laver et de se changer. Papi a soigné son dos et son épaule. Ça chauffe encore pas mal et elle fait attention à ne pas faire de mouvements brusques pour ne pas attiser la douleur. Le pansement de l'épaule dépasse de la manche courte du nouveau T-shirt. Nul doute que Maman va très vite s'apercevoir de quelque chose.

C'est ce que veulent Louise et Papi : il est temps qu'elle soit mise au courant.

Tandis qu'ils épluchent les légumes d'une ratatouille, ils la laissent se réveiller tranquillement avec son premier café. Puis Louise se lève pour aller jeter les épluchures et rincer les légumes avant de les découper. Elle ne tarde pas à sentir le regard de Maman qui suit ses mouvements, intriguée par les précautions qu'elle prend pour se déplacer.

— Qu'est-ce que tu as, Lou ? On dirait que tu as mal… Eh, mais c'est un pansement sur ton bras ?

Louise abandonne l'évier et va s'asseoir en face de Maman.

— C'est une longue histoire, Maman. Ça (elle désigne son épaule), c'est juste une estafilade, mais ça aurait pu être bien pire. C'est un chien méchant qui m'a attaquée. Je l'ai repoussé, mais c'est Héloïse qui m'a vraiment sauvée. Elle a réussi à l'assommer ! Il est méchant à cause de ses maîtres, mais Papi a trouvé comment tous les mettre en prison ! Je ne crains plus rien.

Éberluée, Maman fixe Louise avec de grands yeux. Une frayeur rétrospective – on a voulu faire du mal à sa fille ? – commence à envahir son regard, quand Papi émet un petit rire :

— Hé, hé, hé, ma Lou, c'est comme ça que tu racontes les choses en douceur à ta mère ?

Louise rougit. C'est sûr qu'elle y est peut-être allée un peu fort. Mais Maman, rassurée de voir Papi détendu et plaisantant, se décrispe. Quoi qu'il ait pu se passer, sa fille n'est pas en danger.

— Un chien méchant ? Où ça ? Héloïse, c'est l'une de tes nouvelles copines, non ?

Louise hésite. L'attaque du chien se passe finalement assez bien, mais comment annoncer le reste « en douceur » ?

Elle prend une grande inspiration et se lance :

— C'est plus qu'une copine, Maman, c'est… ma cousine. Tu sais, c'est celle qui me ressemble beaucoup, que j'ai vue l'autre jour au magasin. Je l'ai retrouvée au lac. Avec plein d'autres cousins Garloup.

— Garloup ? (Maman pâlit.) Tu parles de la famille de… Paul !

— Oui, Maman.

Et comme d'habitude quand elle est stressée et doit cependant s'expliquer, Louise enchaîne à toute vitesse :

— Elle est super, cette famille ! Elle regrette beaucoup ce qui s'est passé quand tu leur as téléphoné pour leur dire que t'étais enceinte de moi. Ils croyaient que Paul était stérile, que ce n'était pas possible qu'il soit mon père. Ils voudraient s'excuser de t'avoir fait un coup pareil. Ils sont hyper contents de m'avoir trouvée, et aussi de t'avoir trouvée, toi. Pour eux, t'es de la famille aussi. Et Papi aussi. Et peut-être même Papa, c'est à voir.

Elle se rend compte qu'elle dévie du sujet, que Maman ne s'intéresse certainement pas à Papa à ce moment-là. Elle revient à Paul :

— Les parents de Paul habitent au Canada, mais ils vont venir nous voir dès qu'ils seront au courant. En ce moment, ils sont en randonnée dans la forêt et n'ont pas le téléphone, mais ils devraient bientôt revenir.

Maman, de pâle, est devenue toute rouge. Ses mains tremblent autour de la tasse de café, ses yeux s'embuent sous le coup de l'émotion. Elle se tourne vers Papi, le regard implorant : son père confirme-t-il ce que dit sa fille ?

— Oui, répond doucement Papi à la question muette, Lou a trouvé la famille de Paul. Je leur ai parlé, et ils sont enchantés de l'existence de Louise. Ils sont très famille. Ils veulent s'excuser du gros malentendu et te rencontrer dès que possible.

Les larmes se mettent à couler sur les joues de Maman. Louise est toute chamboulée de voir sa mère pleurer. Elle ne sait pas quoi faire ou quoi dire.

— T'inquiète, ma Lou, la rassure gentiment Papi, c'est juste le choc : ta mère va bien.

Maman sourit à Louise à travers ses larmes :

— Il a raison, c'est l'émotion... C'est une sacrée nouvelle pour moi... (Son sourire s'accentue.) Et j'ai comme l'impression que c'est surtout une bonne nouvelle !

***

Quand Tante Jeanne et Héloïse arrivent pour le goûter, la seule chose que Maman ne sait pas encore, c'est que les « chiens »Garloup et Châteleus ne sont pas de simples animaux. Cette révélation-là attendra bien qu'elle se soit remise d'avoir trouvé la famille de son cher Paul.

Papi et Louise l'ont convaincue que les Garloup sont très désireux de les connaître (la fête organisée pour Louise au bord du lac lui a tiré de nouvelles larmes d'émotion). Elle est tout excitée et impatiente de les rencontrer.

Bien que prévenue de la ressemblance entre Louise et Héloïse, elle reste bouche bée un long moment quand celle-ci pénètre dans le verger où la table pour le goûter a été dressée.

La jeune fille se laisse dévisager et détailler des pieds à la tête avec un grand sourire. Puis, quand Maman finit par se rendre compte de son impolitesse, elle l'empêche de bredouiller des excuses en allant, très naturellement, lui faire la bise.

— Bonjour, Tatie Laurence, je suis enchantée de faire ta connaissance. Étonnant comme, Louise et moi, on se ressemble, hein ?

Tante Jeanne dépose sur la table l'assiette de viandes froides qu'elle a apportée (vive les goûters Garloup !), puis s'approche à son tour de Maman.

— Bonjour, Laurence, je suis Jeanne Garloup. Paul était mon neveu et je l'aimais énormément. Voudriez-vous qu'on aille parler un peu de lui, toutes les deux ?

Maman déglutit avec peine, de nouveau envahie par l'émotion. Elle acquiesce sans rien dire. Les deux femmes s'éloignent dans le verger pour discuter à leur aise.

Héloïse prend alors les choses en main. Elle s'assoit à côté de Papi et fait signe à Louise de l'imiter.

— Bon, dit-elle, je crois qu'il y en a pour un petit moment. Que diriez-vous qu'on commence sans elles ?

Papi ébouriffe les cheveux d'Héloïse comme ça lui arrive souvent avec Louise.

— T'es une super gamine, Héloïse ! Tu sais ça ?

Ça fait rire Louise : sûr que sa jumelle est géniale ! Et même *spécialement* géniale ! Ce qui lui fait penser…

— Dis, c'est quoi exactement une « héritière » ?

Sa cousine devient grave.

— Entre nous, on dit aussi « Mordeuse ». C'est ma morsure qui permet à une personne qui m'est liée de devenir un loup. Ma salive active les gènes garous. Si je te mords, tu pourras te transformer comme tu le veux et tu guériras aussi vite que moi. Mais, comme tu l'imagines, ce n'est pas toujours facile d'être un garou activé et de devoir le cacher. Alors tu vas devoir attendre d'être pleinement adulte pour décider si tu veux l'être ou non.

— Oooh, fait Louise. Je croyais qu'on apprenait le secret des garous à seize ou dix-sept ans parce qu'on risquait de le devenir à cet âge.

— Non, non, pas du tout. C'est parce qu'on leur fait désormais confiance pour ne pas faire de gaffes. Et puis, on veut éviter aux enfants de devoir garder un tel secret. Ça peut être lourd… Et toi, tu vas y arriver ?

La gravité d'Héloïse fait comprendre à Louise que, pour elle, ce secret est bien pesant. Elle, depuis combien de temps le porte-t-elle ? Est-ce à cause de lui qu'elle est tellement mûre ? Parce qu'elle ne peut jamais être vraiment insouciante, parce qu'il dresse une barrière entre elle et ses cousins qui ne le connaissent pas encore ?

Papi doit avoir des pensées similaires car il demande doucement :

— Mais toi, tu ne l'as pas choisi, n'est-ce pas ?

— Non, moi je suis née comme ça. Je veux dire, je ne peux me transformer que depuis ma puberté, mais pour le reste, les capacités de guérison, l'odorat, l'ouïe… et ma morsure, c'est depuis ma naissance. Or, « le Mordeur crée et le Mordeur détruit », comme on dit chez les garous. Si je mords quelqu'un qui n'est pas activé, il devient un garou. Mais si je mords quelqu'un qui est déjà un loup… ça le tue.

Elle pousse un gros soupir avant de poursuivre :

— C'est parce qu'on est apparentés avec les Châteleus que je ne les ai pas mordus au lac, et aussi, c'est pour ça qu'ils ont peur de moi…

Elle grimace avec amertume, puis se reprend et continue d'un ton neutre :

— Je n'ai eu le droit d'aller à l'école avec les autres qu'à huit ans, quand j'étais capable de ne rien montrer. Et j'ai commencé à cinq ans à apprendre toute la généalogie. Je ne dois jamais mordre des gens de mon sang sans leur autorisation, encore moins des métamorphes actifs… Alors que, quand on est loup, on a toujours envie de mordiller pour jouer…

Elle soupire de nouveau.

— J'ai beau me dire que les Mordeurs sont très rares dans les familles et très précieux, quelquefois c'est dur d'assumer tout ça…

Dans un même élan de compassion, Papi entoure Héloïse de son bras, tandis que Louise saisit sa main et la serre.

Le sourire d'Héloïse revient.

— Mais maintenant, dit-elle, j'ai une cousine de mon âge pour partager tous mes secrets !

À ce moment-là, une voix juvénile et joyeuse crie :

— Ohé ! Je peux entrer ?

Antoine est planté devant le portillon du jardin.

— Bienvenue ! crie Papi en retour. Viens !

Le garçon ne se le fait pas dire deux fois et s'approche en courant (sa cheville est déjà entièrement guérie, remarque Louise). Il stoppe net en arrivant sous le tilleul. Ses yeux, agrandis d'étonnement, se rivent sur les deux filles si semblables.

Pourtant, c'est d'abord à Papi qu'il s'adresse. D'une traite, il débite un discours qu'à l'évidence il a préparé :

— Bonjour, monsieur Chevat, je suis enchanté et c'est super cool de faire votre connaissance. Grand-mère m'envoie vous dire que Pépé est bien rentré à la ferme et qu'il aimerait vous remercier, vous et votre descendance, de l'avoir délivré. Il a un empêchement pour se déplacer lui-même. C'est parce qu'il ne veut plus sortir de nos terres pour l'instant. Mais lui et Grand-Mère seraient ravis, et surtout contents, de vous avoir à dîner demain soir. Avec Louise et sa mère. Vous êtes d'accord ? Elle a dit qu'il y aurait du gigot et aussi du soda au citron. Et qu'elle préparerait une tarte aux cerises. Elle est extra, la tarte de ma grand-mère ! Vous dites « oui » ?

Il reprend à peine son souffle pour s'autoriser enfin à exprimer son étonnement :

— Merd… Heu, saloperie Paulette ! Louise, tu es deux !

Héloïse ne peut plus se retenir et éclate de rire. Louise glousse à son tour. « Saloperie Paulette »?! Mais qu'est-ce que c'est que ce juron ? Papi a du mal à garder son sérieux, mais aucun doute, il est charmé par le jeune garçon. Avec un bon sourire, il répond :

— Saperlipopette ! Je parie que tu es Antoine, toi ! C'est avec grand plaisir que nous viendrons dîner chez toi demain soir. Sais-tu que, quand j'avais ton âge, je me régalais déjà de cette fameuse tarte aux cerises ? Hors de question de rater une telle occasion !

— Coooool ! fait Antoine, se tournant vers Papi, les deux pouces levés en signe d'approbation.

Le regard malicieux, il ajoute :

— Saperlipopette, c'est bien ce que j'ai dit, non ?

Avant d'en revenir aux jumelles :

— Comment vous faites pour savoir qui vous êtes ?

Là, Papi craque et part du grand rire sonore que Louise n'a pas entendu depuis qu'il a fait son AVC. Elle est toute surprise de découvrir à quel point cela lui a manqué.

Elle se lève d'un bond pour aller embrasser Antoine – qui cherche visiblement à comprendre ce qu'il a dit de si drôle.

— T'es vraiment un *chic-chic* très chic ! s'exclame-t-elle, entre rire et émotion.

AVEC LE SOUTIEN DE

La Région
Auvergne-Rhône-Alpes

Loi n° 49-956 du 16 juillet 1949 sur les publications destinées à la jeunesse.

Achevé d'imprimer en juillet 2022
par Sepec – Imprimé en France

Dépôt légal : août 2022